엄마와
함께한
시간들

엄마와 함께한 시간들

초판 1쇄 인쇄 _ 2021년 9월 10일
초판 1쇄 발행 _ 2021년 9월 15일

지은이 _ 정은영

펴낸곳 _ 바이북스
펴낸이 _ 윤옥초
책임 편집 _ 김태윤
책임 디자인 _ 이민영

ISBN _ 979-11-5877-252-9 03810

등록 _ 2005. 7. 12 | 제 313-2005-000148호

서울시 영등포구 선유로49길 23 아이에스비즈타워2차 1005호
편집 02)333-0812 | 마케팅 02)333-9918 | 팩스 02)333-9960
이메일 postmaster@bybooks.co.kr
홈페이지 www.bybooks.co.kr

이 책은 2021년 안양문화예술재단 지원사업부의 지원을 받아 발간되었습니다

책값은 뒤표지에 있습니다.
책으로 아름다운 세상을 만듭니다. — 바이북스

미래를 함께 꿈꿀 작가님의 참신한 아이디어나 원고를 기다립니다.
이메일로 접수한 원고는 검토 후 연락드리겠습니다.

엄마와 함께한 시간들

당신과 함께하고 싶은
애도 심리 북테라피

정은영 지음

책을 내면서

엄마를 찾아가는 여행

장례식장을 나오면서 그전과 달리 세상 사람들이 두 부류로 보였다.

엄마 있는 사람과 엄마 없는 사람.

나에게는 가늠할 수조차 없는 충격이었다.

동화작가로 활동하며, 독서강연을 하며, SF소설을 쓰며, 아이들과 독서 수업을 하며 나는 종종 나 자신이 누구인가에 관해 이야기하는 기회가 많았다.

나는 가난했던 나 자신이 부끄럽지 않았으며, 한겨울에도 비닐 잠바로 버틴 게 대단하다고 생각했다. 도대체 이런 말도 안 되는 근거 없는 자신감은 어디서 나온 것일까.

Mother is the home we come from.

She is nature, soil, ocean.

엄마는 내가 왔던 집이다.

그녀는 자연이고, 흙이고, 바다이다.

– 서양 명언 중에서

엄마가 뇌출혈로 쓰러졌을 때, 나는 책 속에서 '죽음'을 찾아다녔다.

그렇게 알게 된 나보다 먼저 다른 이들이 보고 온 죽음이라는 세계는 무서운 것도 두려운 것도 아니었다. 그냥 흙처럼 바다처럼 자연스러운 존재이자 현상이었다.

게다가 나의 근거 없는 자신감은 가난을 별것 아니라고 여긴 엄마 탓이기도 하다.

"돈 없으면 쪼매만 먹지모, 그기 뭐 벨끼라꼬."

엄마는 주문처럼 그 말을 많이도 외우셨다.

방송인 이경규가 지난 5월 모친상을 겪고 나서

"난 이제 고아다. 어머니가 돌아가시니까 고향이 없어진 것 같다."

라고 고백했다. 환갑이 넘은 나이의 어른인 그가 말한 '고아'라는 말에는 부모가 없는 '아이'라는 느낌이 든다. 그만큼 엄마의 부재가 주는 상실감이 크다는 뜻일 거다. 예전이라면 유난하다고 했을지도 모를 이 말에 격하게 공감했다.

우리 모두는 이미 다 큰 어른이지만 엄마 앞에서는 '아이'가 돼버리고 만다.

엄마를 잃는다는 것은 내 안의 아이 하나가 영원히 실종되는 일인지도 모른다.

이 책은 북테라피를 표방한다. 각 소제목에 소개된 책들을 함께 읽고 이 책을 같이 보길 권한다.

1부에서는 엄마의 어린 시절과 청춘, 꿈들, 그리고 엄마의 역사를 그려보았다. 뇌출혈로 쓰러지면서 시작된 병원 생활과 다시 엄마를 만난다면 무슨 말이 하고 싶은지를 마법 운동화의 힘을 빌려 이야기해보았다.

2부에서는 엄마가 없는 우리의 삶을 돌아보았다. 우리에게 밀어닥친 엄마가 없는 재난 상황을 그려보았다. 그리고 엄마가 남긴 물건들과 가보았던 장소들을 다시 찾아보았다.

3부에서는 엄마를 그리워하는 시들을 모아보았다. 그리고 엄마의 장례식을 치르는 삼 일간의 일정을 통해 배운 점과 엄마가 남긴 것들을 정리해보았다.

4부에서는 엄마의 부재가 우리에게 남긴 의미가 무엇인지 생각해보았고, 엄마와 딸의 인연에 대해 고민하고 담은 보석 같은 소설을 소개해보았다.

이 책에는 그림이 나오는데 이것은 초등5학년 아이가 그려준 것이다. 천국에 있는 엄마(아이에겐 할머니)를 상상해보고, 엄마의 소원은 무엇일지, 만약 다음 생이 있다면 엄마는 어떤 모습으로 살고 싶었을지. 마지막으로 엄마를 잘 보내기 위해 남은 이들이 어떤 일을 하면 좋을지 이야기해보았다.

다시 끄집어내기 쉽지만은 않은 기억을 더듬으며 나를 비롯해 엄마를 잃은 이들이 다시 엄마를 만나고, 서운한 점을 토로해놓길 바랐다. 그리고 조금은 거칠고 센 언니였던 우리 엄마, 날것의 엄마를 통해, 이 글을 읽는 당신이 조금이라고 품었을 눅눅하고 축축한 감정들을 햇볕에 내다 말렸으면 좋겠다.

반중 조홍감이 고와도 보이나다
유자 아니라도 품음직도 하다 마는
품어가 반길 이 없을세 글로 설워하나이다
-노계 박인로

고등학교 때 고전문학 시간에 배웠던 시조가 이제 내 이야기가 되었다. 그때 젊은 선생님이 눈가가 촉촉해지던 것도 기억난다. 이제는 아무리 맛있는 카스텔라가 있어도 드실 엄마가 계시지 않는다.

이 책은 어쩌면 당신이 가슴에 묻어둔 서러움을 일깨울지도 모른다. 그러나 당신을 위한 선물이 준비되어 있다.

책 속 에피소드들 중에는 당신도 겪었을 만한 추억들이 있을 것이다. 당신도 울고 웃으며 책장을 넘겼으면 좋겠다. 이 책을 덮을 때쯤 충분히 애도를 끝낸 당신이 투명해진 눈으로 세상과 맞장 떴으면 좋겠다. 위축되는 게 아니라 더 사랑을 많이 받은 사람이었다는 걸 기억했으면 좋겠다.

한 가지는 분명하다. 엄마를 다시 복기하는 일은 엄마를 다시 만나는 일이 될 것이며 영원히 기억하는 일이 될 것이다.

이 우주에서 엄마를 잃은 당신에게, 위로가 되길 기도한다.

목차

chapter 2

엄마의 여름_

우리가 기억하는 한 언제나 따사로운 햇살

chapter 3

엄마의 가을_

가을바람처럼 스산한 이별의 순간

chapter 4

엄마의 겨울_

이별이 가슴속에 남긴 특별한 선물

chapter 1

엄마의 봄

꽃이 지자 떠오르는
만개한 꽃향기

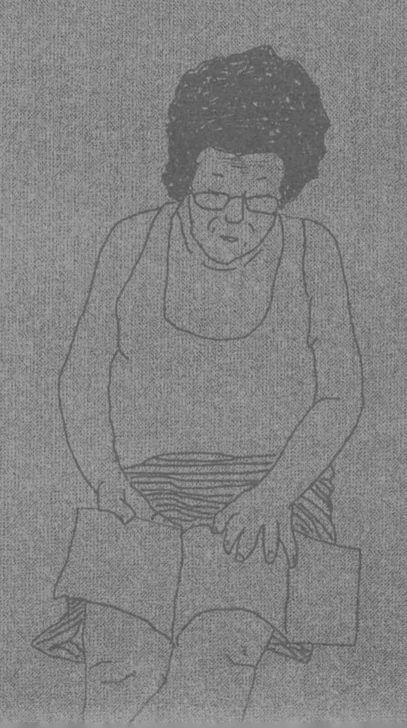

벚꽃 피는 계절

할머니가 남긴 선물

마가렛 와일드 글 • 론 부룩스 그림 | 시공주니어, 1999

벚꽃 엄마

어느 날 아침이었습니다.

평소처럼 아침상을 차려 놓았는데, 할머니 돼지는 일어나지 않았습니다.

손녀 돼지가 죽과 토스트와 차를 쟁반에 가져가 보니, 할머니 돼지는 잠이 들어 있었습니다.

할머니는 점심때에도, 저녁때에도 내내 잠만 잤습니다.

-《할머니가 남긴 선물》 중에서

벚꽃이 피는 계절은 우리 엄마의 생신이 있다. 엄마는 외할머니의 7자매 중 넷째 딸이다. 언니들은 모두 젊은 나이에 돌아가셨고 여동생 한 명만 부산에 같이 살고 있다. 엄마 생신은 음력 3월 4일이라 양력으로 4월 초순이다.

엄마의 자식들이 결혼한 뒤, 엄마의 이름을 따서 '이상구계'를 만들기 시작했는데, 일 년에 두 번 가족 모임이 있을 때마다 외식비를 해결하기 위해서 만든 거였다.

벚꽃이 흩날리는 날, 부산의 바닷가는 정말 아름답다. 송정을 지나 기장으로 가는 바닷길을 따라 걸으면 벚꽃이 눈처럼 내리다 바다 위로 떨어지는 풍경을 볼 수 있다.

우리 5남매는 매번 다른 장소로 예약을 해서 엄마 생신을 챙겼다. 바다가 보이는 횟집, 한정식집, 고깃집 등 여러 곳을 가봤다. 엄마 생신에서는 전국 각지에 흩어져 있는 형제들을 모두 만날 수 있는 시간이어서 한 명도 빠지지 않고 참석했다.

밥을 다 먹은 뒤에는 항상 케이크를 놓고 초를 꽂았다.

"사랑하는 엄마의 생신 축하합니다!!"

노래가 끝나자마자 엄마가 불을 끄기도 전에 초에 얼굴을 가까이 대고 우리 아이들이 후~하고 불을 끈다. 팔순 외할머니에게 여섯 살 외손자가 재롱을 부리며 외할머니 볼에 뽀뽀를 하면 모두 와! 하며 웃는다.

4월은 우리 가족에겐 제일 바쁜 달이다. 음력이긴 하지만 4월 9일 엄마 생신 다음엔, 16일은 내 생일. 26일은 작은오빠 생일. 그런데 이번 4월에는 엄마 증손자의 돌까지 있었다. 엄마는 증손자를 위해 돌 반지를 사놓고서는 돌잔치에 주려고 기다리셨다. 엄마 생신 전 일요일, 엄마 생신 선물을 사러 작은오빠랑 아울렛에 갔을 때도 엄마는 어지럽다고 하셨다.

그런데, 2016년 엄마 생신 잔치는 그 어디에서도 할 수 없었다.

그리고 절대로 오지 말았어야 할 그날. 4월 4일. 엄마의 평온한 일상은 산산조각이 났다. 조카는 학원을 가고, 공사장에서 일용직을 하는 작은오빠가 퇴근할 때까지 항상 엄마 혼자서 집을 지키셨다. 퇴근하고 현관문을 열고 들어온 오빠는 쓰러진 엄마를 발견하고, 곧바로 119를 불렀다.

"엄마, 엄마! 일어나봐! 엄마!"

작은오빠의 울부짖음이 비명이 되어도 엄마는 일어나지 못하셨다. 대학병원 응급실로 간 엄마는 MRI 촬영을 하며 어떤 상황인지 진단을 받았다.

"지주막하 출혈입니다. 꽈리 지름 1.6cm네요."

의사 선생님의 권유로 두개골을 열어 다섯 시간이 넘는 수술을 받으셨다.

86세 할머니가 그 힘든 수술을 받는 동안, 부산에 있는 언니 오빠들은 수술실 앞에서 눈이 빨개진 채로 꼬박 밤을 새웠다. 4월의 밤이 이렇게 춥고 무섭고 떨리는 건 처음이었다고 했다.

엄마는 첫 증손주의 돌을 기념해서 돌 반지를 금은방에서 주문했다고 했다. 그 반지를 손수 언니들에게 자랑한 엄마는 아무도 못 찾는 곳에 꼭꼭 숨겨두셨다. 집안 곳곳을 샅샅이 다 뒤졌지만, 반지는 나오지 않았다.

그제서야 우리는 각자 생각했다. 엄마가 나에게 뭐라도 남기지 않았을까.

어디에 꼭꼭 숨겨둔 건 아닌지. 혹시 엄마가 무슨 편지라도 쓰진 않았는지. 글씨라도 남기지 않았는지.

자꾸 궁금해졌다.

성원이에게 남긴 할머니의 선물

성원이는 나의 첫째 딸이다. 지금은 5학년이 된 아이인데, 외할머니에 대해 굉장히 많이 추억하고 있어서 놀란 적이 많다. 다음은 성원이가 기억하는 외할머니와의 에피소드이다.

"외할머니가 돌아가셨다.

그전까지 나는 죽음에 대해 잘 알지 못했다.

그날 오후에 학교에 갔다 오는데 그 소식을 들었다. 아침에 외할머니가 돌아가신 것.

그래서 엄마 품에 안겨 울었다. 그리고 짐을 쌌다.

장례식장에 갔는데, 외할머니의 사진이 들어가 있는 액자를 보았다.

외할머니의 표정은 웃지도, 울지도 않은 무뚝뚝한 표정
이었다.
외할머니가 살아계신다면 하고 싶은 것이 있다.
바로 외할머니와 전화 통화를 하는 것이다.
왜냐면 외할머니가 우리 삼 남매와 전화를 하자고 했을
때 나는 할 얘기가 없어서 전화를 받지 않았는데 지금은
엄청 후회돼서 그렇다.
이 일이 있고 나는 알게 된 점이 있다.
이 세상의 모든 생명에게는 영원한 삶이 있지 않다고. (그
래서 오늘도 울었다.)

《할머니가 남긴 선물》의 손녀는 할머니가 일어나지 못하시자 마실 것과 먹을 것을 쟁반에 담아 할머니 방으로 가져간다. 할머니는 점심때에도 저녁때에도 내내 잠만 주무신다. 할머니가 잠을 자는 동안에 손녀는 넋을 놓고 울거나, 텔레비전을 시청하거나 멍하게 있지 않는다. 손녀는 할머니와의 평범한 일상을 누리기 위해, 그냥 평상시에 할머니가 하던 일을 한다.

청소하고, 이불을 개고, 빨래를 내다 널고.

손녀가 일하면서 부는 휘파람 소리에는 쓸쓸하고 가냘픈 "꾸울" 소리만 나온다.

할머니가 다시 깨어나자 손녀는 할머니의 바람대로 시내를 돌아다니며 산책을 한다.

나뭇잎, 구름, 연못, 흙, 비.

손녀와 할머니는 자신들 둘러싼 자연을 한 번 더 돌아보고, 마음에 새기고 기억한다. 그게 할머니가 바란 것이다.

나뭇잎은 햇살에 반짝이고

구름은 수다쟁이들처럼 하늘에 모여 있고

연못에는 정자가 비치고

따스한 흙냄새, 비를 맛보고

-《할머니가 남긴 선물》 중에서

마지막 장면에 손녀가 연못 위 정자에 서서 구름을 올려다보는 장면이 나오면 모두 "아!" 하고 탄성을 지를 것이다.

할머니가 원한 것은 거창하고 위대하고 대단한 일이 아니었다.

햇살에 반짝이는 나뭇잎에

하늘에 모여 있는 구름에

정자가 비치는 연못에

따스한 흙과 비에

할머니는 함께하는 것이다. 이게 할머니가 남긴 선물이다.

엄마가 남긴 선물

벚꽃이 하얗게 내릴 때면 그 벚꽃 같은 엄마 머리카락이 떠오른다. 그리고 엄마의 얼굴이 떠오른다. 자그마한 뒷모습이 떠오른다.

엄마가 나에게 남긴 선물은 무엇일까.

벚꽃은 피었는데 엄마가 없다. 그것도 두 번씩이나.

증손주에게 엄마가 남긴 선물은 일 년 뒤에 찾을 수 있었다. 정말 도둑이 들었어도 못 찾아갈 곳이었다. 바로 녹슨 주전자 안. 엄마는 포장지 그대로 고이고이 이쁘게 잘 간직해

두셨다.

나는 엄마에게 유산을 받지는 못했지만, 나도 할머니 돼지의 손녀가 받은 선물을 같이 받고 싶어진다.

눈을 들면 아직 그대로 있는 벚꽃과 눈이 부시게 빛나는 송정 바닷가. 짭조름한 바람 냄새.

이런 것들이 엄마가 나에게 남긴 선물이 아닐까.

당신도 엄마의 생일인 계절이 되면,

더욱 엄마가 그리워질 것이다.

하지만 엄마가 당신에게 남긴 선물은 창문을 열면 가득하다.

그 계절이 언제일지라도, 그 장소가 어디일지라도 말이다.

이상구

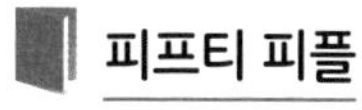

정세랑 글 | 창비, 2017

그 여자 이상구

엄마가 돌아가셨을 때 안도하고 말았다.

자기도 모르게 이 혹독한 사람에게서 드디어 놓여났구나 생각해버렸고, 덕분에 장례를 치르는 내내 죄책감에 시달렸다. 방심하고 있던 마음을 장악했던 한순간의 안도감 때문에

"나 참 나쁜 딸이다."

"음…… 너희 엄마를 못 만나본 사람은 그렇게 생각하겠지만

난 어렸을 때부터 봤잖아. 너희 엄만 참…… 힘든 분이었지."

-《피프티 피플》〈방승화〉 중에서

그 여자의 이름은 이상구이다. 서로 相 아홉 九.

딸만 일곱인 집안에 아들을 낳았으면 하는 바람에서 아버지가 지어준 이름이었다. 아버지도 어머니도 모두 일찍 돌아가시는 바람에 그 여자는 일찍 동생들을 건사하다가 열아홉에 시집을 가게 된다.

그녀는 1931년 포항시 학천동에서 태어났다.

그리고 1950년 동구 밖에서 말 한 마리를 탄 채, 빈손으로 온 총각과 평생을 함께하기로 한다.

그녀의 결혼기념일은 2월이지만 결혼사진이나 뭐 그런 기념이 될 만한 것은 찍은 적이 없으므로 남은 기록이 없다.(날짜를 정확하게 기억하는 자식이 아무도 없다.)

그녀는 한국전쟁 와중에 첫 딸을 낳게 되는데, 1951년생인 첫째는 그녀의 나이 스물한 살에 얻은 아이이다. 첫째 딸은 아버지가 운영하던 닭 농장과 농사일을 거들어주며 집안의 큰아이 역할을 톡톡히 해낸다. 스물일곱 살이 되어 시집을 가기까지 네 동생을 돌보고 아픈 엄마를 대신해 집안일을 도맡아 하게 된다.

그녀는 몇 년 뒤 동네에서 제일 이쁘다고 소문이 났던 둘째 딸을 출산한다. 하지만 둘째 딸은 외할머니 집에 놀러 갔다가 무슨 일인지 계속 시름시름 앓았다고 한다. 그러다 죽은 아이를 업고 친정엄마가 오는 걸 보고 까무러쳤다. 그다음부터 그녀는 심장병을 앓기 시작한다.

그녀는 곧바로 또 아이를 출산하는데,

"또 딸이네. 딸 갖고 뭐할라꼬? 제사 지낸다 카드나?"

하는 시어머니의 구박을 듣고는 벌떡 일어나 밭일을 나갔다고 한다.

둘째 딸 아닌 둘째 딸은 58년 개띠생으로 환갑이 넘은 지금도 오지랖 넓게 오만 일을 궁금해 하며, 해결사를 자청하고 있다.

그녀의 인생 주가를 수직으로 상승시켜준 일이 있었는데, 바로 3년 뒤에 출산한 첫아들이었다.

뼈대 있는 집안이면 하는 바람대로 족보에 나와 있는 항렬을 따라 〈물이름 락(落)〉을 써서 넓은 사람이 되라고 '홍락'이라고 짓는다. 1961년이라 아직 시골에 살고 있음에도 불구, 시내 사진사를 불러서 첫아들의 고추를 만천하에 공개! 하고는 다섯 아이 중 처음이자 마지막으로 '돌사진'이라는 걸 찍어준다.

아들도 낳았겠다, 시어머니는 더 이상 그녀에게 뭐라 뭐라 말을 하지 못하는데, 이제는 하나뿐인 남편이 노래를 부른다.

"여보, 아들 하나만 더 놔주믄 안 되긋나? 내가 히야(형)도 없고 남동생도 없으갔고, 내 혼자 느므 외로밨다 아이가. 이러케 부탁한데이."

매번 간곡하지는 않았지만 정씨 집안의 3대 독자였던 아버지는 본인의 아들만큼은 '독자'라는 짐을 지워주기 싫었다. 그래서 아버지의 꿈은 럭키 세븐, 7년 만에 결실을 거두게 된다.

어디로 갈까?

이제는 시어머니와 딸 둘, 아들 둘, 사 남매로 합이 7인 가족 공동체를 구성한 그녀는 목수 일에 재능이 있던 남편(나에겐 아버지)의 제안으로 산업화 시대의 끝을 잡고 남들 다 한다는 이촌 향도를 계획한다.

대도시 중 어디로 갈 것인가.

서울, 부산, 인천, 대구, 광주 몇몇 후보지를 정했지만, 남편이 신의 한 수를 둔다.

“내사마, 추브믄 만사가 다 싫다. 따신 데로 가자. 어이?”

그 한 마디에 1971년(한국 전쟁 이후에 하늘이 도와준다는 대운이 터진다는 황금돼지해)에 부산으로 이촌 향도를 결행한다.

해운대 초입에 산만디(언덕)에 초라한 슬레이트집을 구하고서는 낯선 곳에서 정착한다.

그때 그녀의 나이 42세, 남편은 반백을 몇 달 앞둔 49세이다. 아이들은 초, 중, 고까지 한 놈, 혹은 두 놈씩 줄줄이 다니고 있었고, 남편은 이제 본격적으로 전직을 하여 목수 계로 입문을 앞둔 시점이었다.

그런데 아닌 밤에 홍두깨도 아닌, 자다가 봉창 두드리는 일도 아닌 일이 벌어지게 된다. 바로 막둥이의 탄생이다.(막둥이는 아버지를 아버지라 부르고 싶었지만, 친구들이 ‘할아버지’라 부르는 바람에 아버지라 부르는 데 어려움이 있었다고 한다.)

그녀의 막둥이는 딸이었지만 위에 오빠 둘이 있었으므로 새 옷을 장만하기가 형편상 어려워 아들의 옷을 입히는 바람에 아들이 아니냐는 오해를 사며 초등시절을 보냈다고 한다.

그러다, 그녀 나이 67세에 (1996년) 남편을 잃게 된다. 식도암 판정을 받은 지 1년 6개월 만이었다. 그녀는 그때부터 공황장애를 앓고 먹는 것도 자는 것도 정상적으로 할 수 없는 지경이 된다. 하지만 자식들은 이미 결혼을 했거나, 직장 때문에 떠나버렸고, 둘째 아들이 이혼하고 오는 2007년까지 독거노인 생활을 하게 된다.

상황 변화

그녀는 전화 통화에서 매번 외로움을 호소했지만 자식들에게,

"늙으면 원래 그런 거지."

"엄만 맨날 남 욕하더라. 심보를 곱게 써라."

라는 막말만 듣게 된다.

그 여자의 이름은 이상구이다.
서로 相 아홉 九.
딸만 일곱인 집안에 아들을 낳았으면 하는 바람에서
아버지가 지어준 이름이었다.

아버지도 어머니도 모두 일찍 돌아가시는 바람에 그 여자는
일찍 동생들을 건사하다가 열아홉에 시집을 가게 된다.

그러다, 그녀 나이 67세에 (1996년) 남편을 잃게 된다. 식도
암 판정을 받은 지 1년 6개월 만이었다.

하지만, 그녀가 뇌출혈로 쓰러져 아무 말도 하지 못하자, 자식들은

"엄마, 그동안 엄마랑 말을 많이 할 걸 그랬어."

"엄마 목소리가 듣고 싶어. 그때는 왜 몰랐을까. 미안해."

라는 한탄을 하게 된다.

자식들이 내뱉은 후회의 말들이 그녀의 상처를 덮어주었으면 했다.

이미 늦었지만, 아직 늦지 않았기에, 매번 자식들은 끝나지 않은 말들을 그녀의 귀에 속삭였다. 청각은 마지막까지 살아있는 기관이므로.

당신도 어머니와 마지막으로 나눈 대화를 떠올려보라.

그것이 감사와 존경의 대화였다면

당신은 참 따뜻한 자식이었으며,

만약 그것이 후회와 한탄의 대화였더라도

당신은 참 애틋한 자식이었으리라.

누구의 잘못으로

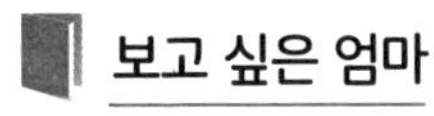

보고 싶은 엄마

레베카 콥 글 그림 • 이상희 옮김 | 상상스쿨, 2011

엄마는 어디로 가셨나요?

나는 아빠한테 엄마가 언제 돌아오는지 물어보았어요.

아빠는 나를 꼭 껴안아 주며 말했어요.

엄마가 죽었다고요.

- 레베카 콥, 《보고 싶은 엄마》 중에서

엄마의 장례식이 끝났다. 2박 3일간의 검은 옷을 벗고, 머리에 매달았던 흰 리본도 뺐다. 우리 5남매 모두 새벽부터 발인하느라 긴장하고, 일정이 꼬이기도 하고, 낯선 추모공원 계약을 하면서 신경도 곤두섰다.

그 중에도 모든 진행과 경제적인 부분을 도맡아 하는 장남인 큰오빠가 가장 바쁘게 움직여야 했다. 손님까지 챙기고, 보내고. 집안 어른들께 일일이 인사하며 이야기를 들어야 했던 큰오빠는 정말이지 바쁜 와중에 마음 편히 울 짬도 없어 보였다.

늦은 점심을 먹은 뒤, 엄마 집으로 돌아왔다.

"은영아, 엄마가 어디 갔노? 엄마 집인데 왜 엄마가 없노?"

큰오빠는 형부들이랑 마시던 소주를 들고 내 쪽으로 왔다. 창밖으로 엄마가 계시던 병원이 보였다.

"저기 우정요양병원에 엄마 있을 거 같다. 그자?"

그제야 큰오빠는 참았던 울음을 짐승처럼 터뜨렸다. 소년처럼 울음을 내지르고 있었다. 나는 천천히 그의 손을 잡아주었다.

엄마가 쓰던 밥그릇과 숟가락, 엄마의 몸만 빠져나간 듯 그대로 있는 이불, 엄마가 벗어 놓고 간 신발.

어떤 것도 엄마가 잠깐 나간 것처럼 보일 뿐, 영원히 돌아올 수 없는 게 아닌 것처럼 보였다.

엄마를 기억하는 우리를 두고, 아직 엄마 손길이 필요한 손주들을 두고 엄마는 도대체 어디로 가신 걸까?

누구의 잘못으로

엄마는 뇌출혈로 쓰러져서 1년 5개월간 요양병원에 계셨다.

엄마는 쓰러지기 전날에도 생신 때 입으실 옷을 사러 쇼핑하러 갈 정도로 정정하셨다.

아니, 정정하셨다는 말은 새빨간 거짓말이었다.

엄마가 쓰러진 뒤 제일 먼저 드는 생각은 '죄책감'이었다.

누가 엄마를 저런 상태로 만들었나. 왜 이런 일이 우리 엄마에게 일어났나. 아무리 생각해도 억울하고 원통했다.

모두 다 나 때문인 것 같았다.

엄마가 쓰러지기 전에, 엄마 집에 들를 때마다 보게 된 엄마는 식사를 식탁에 앉아서 하시질 않았다. 베란다에 쪼그리고 앉아서 김치와 물에 말은 밥을 드셨다. 그 모습이 너무 이상해 보였다.

내가 임신 출산을 할 때도 엄마는 이미 팔순에 가까운 연세였기 때문에 산후조리부터 아이 돌보기까지 어떤 도움도 받을 수 없었다.

여름 휴가 때 엄마 집으로 가면 나의 세 아이들을 챙겨주지 않는 엄마가 미웠다. 혼자서 베란다에 앉아 엄마 밥만 챙겨먹는 엄마가 얄미웠고, 사위에게 따뜻한 밥도 주지 않아서 서운했다.

나보다 먼저 엄마가 돌아가신 친구인 현주가 했던 말이 기억이 난다.

"엄마가 혼자서 밥 먹는 그 모습도 좋았다. 엄마가 있는 그 풍경이 좋았다."

그 말을 듣고서는, '친구라면서 내 마음도 내 서운함도 모른 채, 저런 선문답만 하고 있구나' 하는 생각을 했다.

그런데 이제 엄마를 잃고 나서 생각해보니, 정말 그 말이 사무치게 아팠다.

엄마가 있다는 것만으로도 아름다운 풍경이었음을 이제야

깨닫게 되는 것이다.

"누구든지 한번 죽으면 몸을 움직이지 못한다고,
그래서 엄만 돌아올 수 없는 거라고 아빠가 말했어요."

《보고 싶은 엄마》에서 소년의 아빠는 숨기지 않고 정직하게 죽음에 대해 알려준다. 장례식을 끝나고 엄마 집으로 돌아온 소년도 엄마 물건이 그대로 있는 것을 목격하고 엄마를 찾는다. 모든 게 제자리에 그대로 제대로 잘 있는데 딱 한 가지만 사라진 것이다.

소년은 밖으로 나가 엄마를 찾아본다. 그런데 주변 친구들에겐 엄마가 그대로 있는 것이다. 왜 나만 엄마가 없는 건가. 왜?

소년은 고민에 침잠한다. 그리고 결론 내린다.

가끔씩 소년이 말썽을 피워서 엄마가 떠났다고. 소년은 엄마가 사라진 원인을 자신에게서 찾는다.

나 때문에 이 모든 일이 생긴 거라니.

소년이 슬픔에 잠기자 아빠가 말해준다.

절대로 소년이 뭘 잘못해서 엄마가 죽은 게 아니라고.

가족들과 일상을 살아가고 있지만 소년은 아직도 엄마가 보고 싶다.

소년은 엄마 스웨터를 애착이불처럼 항상 껴안고 다닌다.

가족사진에서, 독사진에서 엄마가 입고 있던 그 무지개색 스웨터.

코로 냄새 맡으면 느껴지는 엄마 냄새.

보들보들하고 폭신폭신한 엄마를 닮은 그 스웨터.

작가는 스웨터의 색깔과 질감을 앞뒤 면지에 살려놓았다.

이 책을 통째로 고스란히 안아주고 있는 엄마 스웨터.

아무의 잘못도 아니야

엄마는 십 년 전부터 고혈압과 당뇨를 앓으셨다. 약도 드시고, 병원도 혼자서 잘 다니셨다. 하지만 작은오빠의 이혼으로 작은오빠와 다섯 살 된 조카(엄마에겐 손자)까지 돌봐야 했다.

작은오빠는 공사장 일용직 노동자로 매일 새벽 5시에 출근을 했는데 그때마다 엄마가 깨우고 밥까지 차려주었다. 작은오빠가 떡국 먹고 싶다는 말에 그 새벽에 만들어놓은 떡국을 내가 목격한 적도 있다.

엄마는 지병이 있음에도 끊었던 담배를 다시 피기 시작했다. 엄마 집에 갈 때면 아침에 항상 문을 열어놓았는데 자욱한 담배연기를 숨기기 위해서였다.

엄마는 지주막하 출혈로 꽈리 지름이 1.6cm로 보통 1cm가 넘기 전에 발견되어 스텐스 수술을 받는다고 한다.

하지만 엄마는 뇌수술 후 의식이 없는 채로 경관식이(콧줄)를 하고 인공호흡기까지 단 채 지내야 했다. 누가 엄마를 저런 상태로 만들었나.

왜 엄마는 연명의료에 관해 아무 말씀도 없으셨나.

왜 작은오빠는 엄마를 육체적으로 힘들게 했나.

왜 나는 엄마와 정기검진 한 번 같이 가지 않았나.

왜 엄마보다 자신의 일이 우선이었나.

화가 나고, 죄스러웠다. 죄책감에 숨통이 막힐 것 같았다.

"누구의 잘못으로 엄마가 돌아가신 게 아니야."

소년의 아버지가 나지막하게 속삭였다.

소년의 가족은 서로 도와가며, 예전에 엄마가 했던 일들을 잘해내려고 노력하고 있다고 했다.

그리고 소년의 아버지는 우리 가족도 잘 할 수 있을 거라고 위로해 주었다.

나는 그림책 맨 마지막 페이지에서 등을 보이며 얼굴을 가리고 울고 있는 소년을 토닥여주고, 꼬옥 안아주고 싶었다.

당신도 혹시 당신의 잘못으로 엄마가 돌아가셨다고 생각한 적이 있다면,

주인공 소년 아버지의 말을 유념해두길 바란다.

엄마는 당신 잘못으로 돌아가신 게 아니라는 걸.

그리고 엄마는 당신과 같이 있었던 풍경을,

어린 당신이 엄마와 함께 앉아 있었던 그 장면을 가장 아름답게 기억하신다는 걸.

그 운동화가 나에게 있다면

쿵푸 아니고 똥푸 / <오, 미지의 택배>

차영아 글 • 한지선 그림 | 문학동네, 2017

천국에 있는 누군가에 데려다 준다고?

기능: 하늘나라로 떠난 누군가가 보고 싶나요?
아아쉽다잉박사가 50년 연구 끝에 개발하고 HASA가 승인한'대단하고 엄청나고 놀라운 운동화'는 천국에 있는 누군가에게 당신을 데려다주는 은나노극세사인공지능하이브리드드론 운동화입니다.
사용방법: 운동화를 신고 만나고 싶은 누군가의 이름을 세 번 부르면서 세 번 폴짝폴짝 뜁니다.

-〈오, 미지의 택배〉 중에서

당신에게 이런 운동화가 택배로 온다면 누구에게 달려가고 싶은가?

나는 당신의 마음을 알 것 같다.

〈오, 미지의 택배〉에서 아홉 살 미지는 머릿속에 울리는 만 개의 종소리를 듣고 아무런 의심도 없이 이 운동화를 신고, 그립고도 그리운 그 이름을 부른다.

"봉자야, 봉자야, 봉자야!"

봉자는 미지랑 같이 살았던 반려견으로 작년에 암에 걸려 하늘나라로 떠났다. 미지에게 봉자는 세상에서 처음 만난 따뜻하고 부드러운 존재였으며, 강에 빠졌을 때 구해준 생명의 은인이며, 친구가 없는 미지를 매번 반겨주는 절친이었으며, 밤마다 미지의 이야기 극장을 들어주는 관객이자 상담사였다.

그런 봉자를 만난다니.

미지는 '하늘나라 봉자마을'에서 꼬리를 흔들며 자랑스럽게 입에 공을 물고 오는 봉자를 만난다. 그리고는 봉자를 와락 끌어안는다. 한데 이제는 봉자가 말을 한다.

"음…… 이 냄새야, 미지 냄새. 이 냄새가. 음…… 정말 그리웠어."

그립고도 그리운 냄새

나도 그 운동화를 신고 하늘나라 상구마을로 가고 싶다. 거기에서 꼭 엄마를 만나고 싶다.

상구마을은 아카시아 꽃이 피고 향기가 지천으로 흩날리는 고향집 뒷동산이 될 것이다. 그곳에서 엄마는 늦은 봄 쑥을 캐고 있을 것이다. 나는 웅크리고 앉은 그 둥그스름하고 작은 등을 살며시 안을 것이다.

엄마가 뒤를 돌아볼 것이다.

"그동안, 세 아이 키우느라 힘들었제? 니가 고생만타."

"아니야, 엄마. 엄마가 더 고생했지."

"엄마가 미안타. 건강하지 못해서."

"아니야. 엄마."

엄마는 전화로 다하지 못했던 말을 계속 이어서 한다.

나는 괜찮다며 엄마를 안아준다. 작아진 엄마가 내 품에 들어온다. 엄마 냄새가 그대로 코에 훅 끼쳐 들어온다. 간간하고 짭쪼름한 땀 냄새 그대로이다.

그러다 엄마에게 말한다.

"정기검진 제대로 못해줘서 미안해. 엄마."

"괜찮다. 그기 뭐라꼬."

"친정 왔을 때 짜증내서 미안해. 엄마."

"괜찮다. 힘들어서 그렇다 아이가."

이번에는 엄마가 나를 달래준다.

아직도 사랑할 게 많이 있다

〈오, 미지의 택배〉에서 하늘나라 봉자마을에 머무르는 시간은 30분.

이제 미지는 봉자를 두고 와야 한다. 봉자는 미지에게 다시 태어날 것 같다고 하며 어디서 무엇이 될지는 정확히 모른다고 한다.

미지가 혼란스러워하자 봉자는 자신이 벚꽃으로 태어날지도 모르니 새로 핀 벚꽃한테 사랑한다고 말해달라고 한다. 유모차의 아기로, 길고양이로 태어날지도 모른다고 한다. 미지는 봉자의 말을 이어서 빗방울에게도, 개미에게도 사랑한다고 말하겠다고 한다.

"너일지 모르니까."

다음 날, 학교에 늦을까 봐 허겁지겁 아파트 마당을 달려가던 미지는 올해 처음 보는 벚꽃을 보고서는 "사랑해."라고 속삭인다. 밟을 뻔한 지렁이에게도 속삭인다. 학교에 가서도 사랑해야 할 게 너무 많이 보인다.

엄마는 무엇으로 다시 태어날 준비를 하는 걸까.

내가 사소하게 지나치는 것들. 새끼손톱보다 작은 풀과 새소리들, 자동차 소리들. 아파트 담벼락에 있는 하얀색 조팝꽃 나무가 악수를 하자는 듯 나뭇가지를 내밀고 있는 것 같았다.

만약 그 운동화가 당신에게 있다면 당신이 가고 싶은 장소는 어디인가.

바로 엄마와 있던 곳이며 만나고 싶은 사람은 말하지 않아도 안다. 바로 어머니일 것이다.

당신의 어머니께서 좋아하시던 꽃은 무엇인가?

좋아하시던 소리는 무엇인가?

어머니는 어쩌면 그것으로 다시 태어날지도 모른다.

당신이 사소하게 지나치는 어떤 것들이

당신 모르는 사이에 먼저 "사랑해!" 하며 말을 걸어올지도 모른다.

당신의 하루가 슬픔과 아픔이 아니라

감사와 평온으로 시작되길 당신의 어머니는 기도할 것이다.

그것이 어머니가 원하는 일이므로.

엄마와 담배

엄마의 마지막 말들

박희병 글 | 창비, 2020

구순 노인과 아이

니가

내 때문에 많이

애비따

(아입니더)

-《엄마의 마지막 말들》 중에서

이 책은 서울대 국문과 재직중인 박희병 교수가 엄마의 마지막 일 년 동안 엄마의 병실에서 길어올린 언어들을 채록한 글이다.

엄마를 보낸 이들은 시작부터 오열각을 면치 못할 것이다. 위의 '애비따'는 '여위었다'는 뜻의 경상도 방언이다. 엄마 걱정으로 병원으로 출퇴근을 하는 아들에 대한 미안한 마음을 이렇게 표현하신 것이다.

경상도 할머니의 무심한 듯, 무뚝뚝한 한 마디로 시작하는 이 책은 천억 개도 넘는 무한한 사랑과 애정이 넘치는 사연과 온기에 읽는 이들을 사로잡는다.

지은이는 구순의 엄마를 위해 병실에서 덩실덩실 춤을 추거나, 눈동자를 뒤집으며 입을 최대한 크게 벌리고 얼굴을 흔드는 행동을 했다. 이런 이상행동 퍼포먼스를 보자마자 엄마는 즉각 웃음으로 반응을 하셨는데, 환갑이 넘은 지은이도 구순이 된 엄마의 웃음을 위해서라면 몸을 사리지 않는 아이였던 것이다.

말기 암과 인지 저하증임에도 불구하고 지은이의 엄마는

아들의 안색과 기색을 귀신같이 알아보셨으며, 일에 지쳐 몸이 약해진 아들을 걱정했으며, 15년 전 태극권을 이삼 년간 하면서 척추를 바로잡은 글쓴이에게도 키가 컸다며 알아보셨다고 한다. 엄마의 관찰력은 타의 추종을 불허한다. 구순 엄마 앞에서는 어떤 일도 숨길 수 없는 딱 걸린 아이이다.

구름 공장 공장장

나는 원래 부산사람이다. 부산에서 나고 자랐다. 마음속 깊은 감사함이나 어쩔 줄 모르는 고마움을 표현할 때는 표준말보다 사투리가 더 진정성 있게 표현되었다. 이상하게 그랬다. 어른이 되어 서울 생활을 하면서 서울 할아버지 할머니들은 서울말을 쓰는 줄 알았는데, 노인들은 대부분 사투리를 쓰시는 걸 보고 놀란 적이 있다. 아마도 1970년대 산업화 시대의 영향이리라.(나의 시부모님도 남해에서 22년 살았고 서울에서 50년 넘게 살았지만 완벽한 경상도 사투리를 구사하신다.)

"뭐한다 그라노?"

"고마버서 우짜노?"

"은영씨~이리 와 보소!"

엄마는 항상 뭘 자랑하고 싶거나, 뭘 보여주고 싶을 때 나에게 "은영씨~!"라고 하며 어미만 높이는 높임말을 썼다. 그럴 때 엄마한테 싫은 척 한번 가보면 꼭 엄마가 새로 산 뭔가(보료라거나 근육 이완기)를 보여줬다. 그리고는 진짜 편하고 좋다며 나에게 한번 써보라고 권했다.

엄마가 쓰러지기 일 년 전, 두 돌 지난 막내를 데리고 부산에 쉬러 갔을 때였다. 엄마의 집 도어락을 열고 들어가자마자,(도어락 비밀번호는 너무 쉬워 형제들 모두 알고 있었다) 베란다와 거실에 하얀 연기가 자욱했다. 나는 화들짝 놀라 엄마를 부르며 후다닥 달려갔다.

"오면 온다고 말을 하지 그랬노?"

하며 엄마는 무언가를 숨기려고 허리춤에 감추었다. 담배였다.

"또 왜 담배 피우는데? 쓰러지고 나서 끊었잖아!!!"

내가 불같이 화를 내자 엄마는 화산폭발이라도 난 듯 욕을 했다.

"내가 내 맘대로 할 수 있는 게 뭐 있노? 담배 좀 피운다고 안 죽는다."

인제 와서 생각해보면, 그때쯤 엄마의 체력과 스트레스가 한계치에 다다랐던 것이다. 엄마는 절교했던 친구인 구름과자에 다시 손을 대기 시작했다.

사실, 담배는 엄마의 절친이다.

할머니의 증언에 의하면 엄마는 시집 오고 그해부터 담배를 피웠다고 한다. 하지만 엄마의 증언에 의하면 임신하고 나서 하도 속이 메슥거리고 머리가 내둘려서 누군가의 소개로 피기 시작했다고 한다. 임산부가 담배라니! 지금 들으면 까무러칠 일이지만 엄마는 골초의 몸으로 다섯 아이를 낳고 다 들 건강하게 잘 기르셨다고 자랑하셨다. 너무나 당당하셔서 놀랄 정도였다.

"내사마 담배 피아도 안 죽는다. 지 목숨은 지가 타고 나는 기지."

그래서 그런지 엄마의 자부심과는 달리 우리 5남매는 죄다 하나씩 몸이 부실하다. 병원 AS를 받으러 다니는 신세다. 큰언니는 엄마를 닮아 몸에 검버섯이 너무 많고 허리가 안 좋고, 작은언니는 일찌감치 찾아온 허리디스크, 큰오빠는 목디스크(5등급 장애판정)에 어깨 결절, 작은오빠는 하지정맥에 폐기흉, 나는 이십 대에 풍치로 고생하다가 서른이 되자마자 임플란트를 3개 심었다.

담배는 엄마의 절친 자리를 오랜 시간 동안 고수했는데, 내가 고등학생이었던 1990년(엄마 나이 60세. 담배 인생 39년)에 점심 도시락 김치 위에 담뱃재가 놓여진 일이 있었다. 김치맛이 좀 이상하다고 생각하다가 발견한 담뱃재에 바로 젓가락을 놓고서는 화장실로 달려가 토한 기억이 생생하다.

그러고도 담배는 2006년 엄마가 혈압으로 인한 쇼크로 쓰러질 때까지 55년간 엄마의 지기였다. (우리에겐 웬수!) 담배란 놈은 고약하게도 엄마와 떼어지지 않았는데, 꼭 아침에 일어나 빈속인 엄마를 찾아왔다.(아시다시피 빈속에 담배는 쥐약(!)이다.)

엄마 집에서 자다 일어나 자욱한 연기와 함께 스멀스멀 기어오는 녀석의 냄새는 정말 싫었다. 벌떡 일어나 베란다로 가면 엄마는 구름들을 이리저리 흩뜨려놓으며 마른기침을 했다. 그럴 땐 무슨 구름 공장 공장장 같았다.

안개 속의 여인

요양병원에서도 엄마는 연기 속에 계셨는데, 이번엔 담배가 아니라 가습기 수증기였다. 병원은 유달리 건조한 곳이라 가습기의 부작용을 최소화하기 위해 조그만 생수통 크기의 가습기를 사용했는데, 수증기를 보면 엄마의 코와 입에서 뿜어져 나오던 힘찬 구름이 떠올랐다.

엄마를 뵈러 서울에서 부산까지 한 달에 한 번씩 왔다 갔다 할 때였다. 지난달과 달리 간호사 연습생이 실습을 나와 있었다. 엄마 병실의 전담 간호사는 남자분이셨는데 나보다 나이가 더 많았으며 미혼이라고 했다. 수간호사 선생님과 엄마의 상황에 관해 물어보기도 하고, 다른 할아버지 할머니들은 건강하신지 물어보기도 했다. 엄마 침대 맞은편에 있는 김기홍 할아버지는 내가 인사를 하자마자 신문을 보다 말고 "잘 지냈능교? 벌써 한 달 됐는가베." 하며 아는 체를 하셨다. 남자 간호사분도 같이 호탕하게 웃으시며 이야기를 거들었다. 여느 때처럼 병원에서 두세 시간 정도 이야기를 나누거나 음악을 듣거나 하며 보조 의자에 앉아 책을 보며 보냈다. 간호사 선생님이 차 한 잔을 준비했다며 휴게실로 나오라고 했다. 남자 간호사 실습생과도 통성명하며 차를 마셨다. 나와 같은 정씨 성을 가진 분이었다.

이야기가 끝나고 나는 엄마 침대 옆 보조 의자로 돌아왔다. 엄마는 뇌수술을 하셨기 때문에 빡빡 깎은 스포츠 머리였다. 내가 한 달에 한 번 통과의례였던 엄마의 손발톱을 깎아드리며 이런저런 이야기를 엄마에게 하고 있을 때였다. 남자 간호사 실습생이 뭔가 난처하다는 듯 조심스레 물어볼 것이 있다고 했다.

"근데, 왜 아버지랑 딸이랑 성이 달라요? 아빠는 '이 씨! 딸은 정 씨!'"

남자간호사 실습생이 눈을 동그랗게 뜨고 엄마 침대 아래 이름표와 나를 번갈아 보았다. 나는 그 자리에서 빵! 터졌다.

병원 침대에 누워계신 엄마의 모습을 보고서는 할아버지

라고 생각한 것이었다. 내가 봐도 누워계신 분이 할아버지인지 할머니인지 분간하기가 힘들다. 게다가 머리까지 빡빡이라니!

"으하하하하!"

오랜만에 포복절도하느라 눈에서 눈물이 날 정도였다.

엄마가 쓰러지고 나서는 웃을 일이 별로 없었던 나를 위해, 항상 긴장하고 누군가 툭 치기만 해도 울 것 같은 나를 위해, 엄마는 선물을 준 것이다. 웃어도 괜찮다고 웃어도 된다고. 그 이야기를 언니 · 오빠들에게 해주면서 또 한 번 웃었다.

엄마의 마지막 모습은 이제 하얀색 스포츠 머리를 한 안개 속 여인으로 남았다. 생전에 해본 적 없는 헤어스타일이지만 잘 어울렸다. 센 언니의 모습도 있어 아무도 못 덤비는 강한 모습도 보인다.

그날 나는 엄마 집에 있는 앨범을 죄다 찾아보고서는 가장 너그럽고 귀여운 엄마의 사진을 하나 골랐다. 내가 찍어준 사진 속에는 모시 적삼을 이쁘게 갖춰 입고 웃고 있는 고운 여인이 있다. 그 여인이 바로 우리 엄마다. (어딜 봐서 할아버지인가? 할아버지 절대 아니다!)

당신은 팔순의 어머니 앞에서 어떤 아이로 변신했는가?

당신의 재롱은 무엇이었으며 어떤 귀여운 행동이었나?

그런 당신을 보면서, 당신 속에 존재하는 아이를 보면서

당신의 엄마는 즉각 즉각 미소를 짓다가 웃음을 터뜨렸을 것이다.

엄마 앞에서 당신은 영원한 아이였을 것이니까.

당신 앞에서 당신의 엄마는 영원한 엄마였을 거니까.

외할매! 잘 가요!

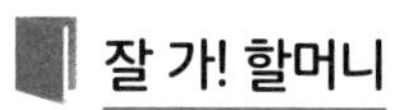

잘 가! 할머니

정은영 글 • 박성원 그림 | 밥북, 2021

내 아이에겐 외할매

첫눈예보가 있던 날이에요.
어린이집 차에서 내리자마자
엄마가 나를 꼭 끌어안았어요.

“할머니가 돌아가셨어.”
“돌아가? 어디로? 어디로 가신 건데?”

–《잘 가! 할머니》 중에서

엄마가 돌아가셨을 때 나의 막둥이 녀석은 일곱 살이었다.

녀석은 할머니가 돌아가셨다는 나의 통보에 눈을 동그랗게 뜨고 되물었다.

"돌아가? 어디로?"

나는 원래 사람은 흙에서 왔는데 다시 흙으로 돌아간다는 말로 설명해주다가, 원래 하늘나라에 살다가 다시 하늘나라로 돌아간다고 설득하다가 인간 본연의 곳으로 다시 돌아가 다시 환생한다는 헛소리를 중얼거렸다.

녀석은 이해할 수 없다는 듯 까만 두 눈으로 내 얼굴을 쳐다보았다.

"어디로 가신 건데? 어디로?"

녀석의 한 마디는 나를 그 자리에 멈춰 서게 만들었다.

"음…… 지환아. 그러니까 사실은 엄마도 잘 모르겠어. 도대체 엄마는 어디로 가신 거지?"

외할매는 어디로 가셨나요?

《잘 가! 할머니》 그림책 속 가족들은 아이의 질문이 화두가 되어 외할매의 존재를 떠올리기 시작한다.

아이의 엄마는 벚꽃의 연분홍색을 떠올리며 엄마의 연분홍색 머리카락을 이야기한다.

아이의 아빠는 냄새로 장모님을 기억한다. 간간하고 짭조름한 가자미조림 냄새, 오래되어야 맛있는 냄새. 잘 잊히지 않는 냄새.

아이의 사촌언니는 부들부들한 강아지 인형을 떠올리며 외할매의 촉감을 이야기한다. 할머니의 옷은 나일론이나 비단처럼 부드럽고 화려한 게 많아서 그런 것 같다. 가까이서 만지면 따뜻한 촉감으로 기억하는 것이다.

엄마가 사라진 뒤, 나는 엄마의 흔적을 찾아 헤매었다.

엄마 집에 그대로 남아 있는 경첩이 삐꺽거리는 낡은 나비장에서, 아버지가 만들어주신 자그마한 문갑에서, 그리고 엄마가 콜드크림을 놔두셨던 작은 경대에서도.

요양병원에 있는 기간에도 엄마의 옷은 버리지 않고 그대로 나비장에 넣어두었다. 언젠가 엄마가 깨어나서 다시 그 옷을 입고 다니실지도 모른다는 생각을 했기 때문이다.(식물인간이 되었다가 9년 만에 깨어난 외국의 사례도 있지 않은가.)

그러다 베란다로 눈길이 갔다. 동향이라 겨울에도 따스한 햇볕을 받은 베란다에는 엄마가 키우던 화분이 계절에 맞춰 꽃을 피워내고 있었다. 그 키우기 힘들다던 난초에는 하얀 꽃까지 피어 있었다.

계절이 바뀌면서, 시간이 흘러가면서 다른 건 다 다시 돌아왔는데 엄마만 돌아오지 않았다. 도대체 어디에 있는 걸까.

사실 엄마도 잘 몰라

아이들은 할머니 할아버지의 죽음을 보면서 사람의 일생에 대해 배운다고 한다. 아이들의 미래 모습이 부모들이고, 부모들의 미래 모습이 조부모라고 한다. 할머니 할아버지가 소리를 잘 듣지 못하는 모습, 귀가 잘 안 들려서 이어지는 행동거지들을 보면서 노인에 대해 이해한다고 한다.

어느 날 갑자기 사라진 할머니를 아이들에게 어떻게 설명할 것인가.

아이들에게 아침 해가 뜨며 하루가 시작되어, 밤이 되어 하루의 끝이 있듯, 우리의 삶에도 끝이 있다는 설명은 이해하기 어려울 것이다. 할머니 할아버지도 어린 시절이 있었다는 것을 사진으로 보여주면 어떨까.

아이들은 할머니 할아버지가 노인으로 태어난 줄 알기 때문에 옛 사진을 보며 주면 신기해하고 놀라워한다.

그렇다면 사라진 할머니가 보고 싶을 때는 어떻게 해야 할까.

"엄마는 벚꽃을 보면 할머니 생각이 나더라. 할머니 머리카락 색깔이랑 벚꽃 색깔이랑 닮았어. 할머니 머리카락 위에 벚꽃이 내려앉은 거 같아."

이렇게 아이들에게 말문을 터본다. 그러면 아이들은 자신이 보고 느끼고 경험한 할머니를 이야기한다.

할머니에 대한 추억을 많이 할수록 할머니를 못 잊고 그리워하는 게 아니라 할머니를 더 잘 보낼 수 있는 것 같다. 아이들은 할머니를 금방 기억하고 금방 다른 일에 집중한다. 마음 속이 따스한 추억으로 충전되기 때문이다.

당신의 아이는 "할머니!" 하면 무엇이 떠오른다고 하는가.

어떤 감촉이 당신 아이의 할머니와 닮았는가.

당신의 기억보다 더 섬세하고 따뜻하게 당신의 아이는 할머니를 담아두고 있을지도 모른다.

평생 사랑받은 기억으로 평생 기억할 것이다.

chapter 2

엄마의 여름

우리가 기억하는 한
언제나 따사로운 햇살

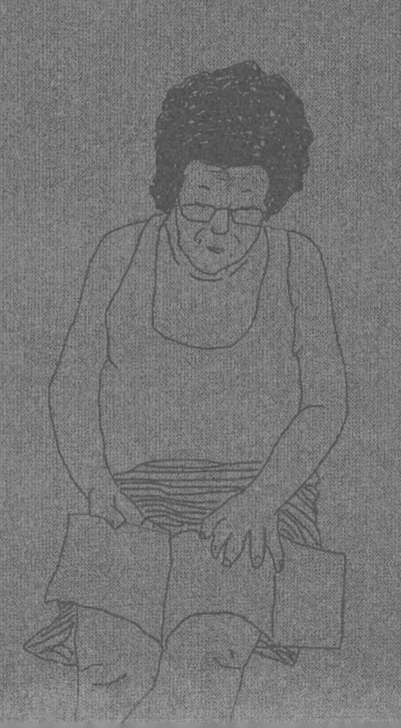

우리에게 일어난 일

마레에게 일어난 일

티너 모르티어르 글 • 카챠 페메이르 그림 • 신석순 옮김 | 보림, 2011

슬픔의 바다

엄마가 바빠졌어요.

전화를 하고 편지를 쓰고 이리저리 바쁘게 돌아다니면서

가끔 손수건에 코를 풀곤 했어요.

마레는 할머니를 찾아갔어요.

할머니 눈시울이 촉촉이 젖는가 싶더니

할머니 두 볼과 원피스까지 젖어 버렸어요.

할머니의 눈물을 모두 받아 내기에는 마레 손이 너무 작았어요.

'이대로 두면 방 안이 눈물로 가득 차고 말 거야!'

바닥이 눈물로 흥건해졌어요.

곧 침대가 눈물바다 위에 둥둥 뜰 것 같았어요.

-《마레에게 일어난 일》 중에서

둘째들은 첫째와 막내 사이에서 틈새 전략을 잘 구사한다. 애교가 특별히 많거나 사람을 잘 챙기거나 손재주로 다른 사람의 마음을 끈다. 나의 둘째 딸 지율이도 그런 편이다. 과묵한 언니에 비해 말도 많고 애교도 많아 늘 나에게 웃음을 주는 아이이다. 지율에게 외할머니는 어떻게 남아 있을까.

오늘은 외할머니가 돌아가신 날

나는 외할머니께서 병원에 계실 때

한 번 손을 꼭 잡아주었다.

외할머니가 돌아간 날엔

난 진짜 진짜 슬펐다.

난생 이렇게 슬픈 날은 처음이었다

할머니의 손을 만지던 내 마음이

계속 울었다. 할머니가 걱정돼서일 것이다

엄마가 돌아가셨을 때, 나의 아이들은 11살, 10살, 7살이었다.

우리 아이들은 또래보다 외할머니와 너무 일찍 이별한 편에 속한다. 아이들은 나 몰래 또 다른 슬픔을 느끼지 않을까. 조심스러웠다.

지율이는 무뚝뚝한 외할머니를 그나마 따뜻하게 기억하고 있었다. 부산에 내려갈 때마다 외할머니가 마론 인형도 사주고, 먹을 것도 사준 걸 잊지 않았다. 다행이었다.

《마레에게 일어난 일》의 마레에겐 할아버지의 죽음과 할머니의 치매라는 슬픔의 바다가 몰아쳐 온다. 몰아치기 때문에 휩쓸릴 수밖에 없는 고통의 연속이다. 하지만 그림책 속의 바다는 무시무시하고 끔찍한 파도가 아니다. 나뭇잎을 닮은 모습이 언뜻언뜻 보이기도 하고, 귀여운 다람쥐 한 마리도 종이배에 탄 채 꿋꿋하게 잘 버티고 있다. 다행이다.

바다를 헤엄쳐 나갈 돛단배

가까운 사람의 부고를 들으면 누구나 슬픔의 바다에 빠질 수밖에 없다. 아무것도 손에 잡히지 않는 무표정의 시간을 대면한다. 하지만 우리에게는 휘몰아치는 슬픔의 바다를 건널 수 있는 돛단배가 하나씩 있다. 바로 '사랑'이라는 이름의 기억이다.

《마레에게 일어난 일》에서 보면 돛단배는 이리 휘청 저리 휘청하면서도 절대로 뒤집히지 않는다. 돛단배는 한 대이지만 절대로 나 혼자서 운전하지 않는다. 주변을 자세히 들여다보면 조력자들이 존재한다. 어디로 가야 할지 길을 제시해주는 새의 존재, 연약하지만 희망을 포기하지 않는 다람쥐의 존재.

주변 사람들의 도움으로 슬픔의 바다를 헤엄쳐나갈 수 있다는 뜻이다.

나는 나의 아이들 덕분에 슬픔의 바다를 헤엄치고 있었는지도 모른다.

체리를 기억하세요

《마레에게 일어난 일》의 전체적인 색조는 붉은색이다. 체리가 맺혀 있는 나무에서 할머니와 나란히 앉아 있는 마레. 그리고 체리를 나르고 있는 다람쥐.

체리는 할머니와 함께한 따뜻하고 아름다운 추억을 상징한다. 할머니가 치매에 걸리게 되었을 때, 마레는 체리를 들고 와 할머니의 기억을 떠올리기 위해 노력한다. 슬픔의 바다를 건널 때도 마찬가지이다.

나는 슬픔의 바다를 건널 때 무엇을 기억할까.

엄마가 돌아가신 뒤, 한동안은 계속 새벽 3시에 눈이 떠졌다. 잠을 청해도 잠은 오지 않고 더 말똥말똥해졌다. 몸은 피곤했지만, 정신은 맑아지는 그 시간을 어떻게 맞아야 할지 모른 채 그냥 눈이 떠졌다. 그러다 나는 그 시간에 방이나 창고를 하나 정해 몸이 피곤할 때까지 청소하는 거였다. 두 시간 넘게 청소를 하다 보면 새벽이 희뿌옇게 밝아온다. 그러고 나서 이불 속으로 들어가서 잠을 청한다.

왜 나는 고통의 상황에서 육체노동을 하는가.

한동안 이 일이 반복되면서 나는 내 안에 있는 엄마를 발견하고는 소스라치게 놀란다.

사실, 엄마가 그랬다.

힘이 들 때면 집안일 한 가지를 하거나 김치를 담그거나 했다.

내가 하는 일도 엄마에게 물려받은 거로 생각하니 신기하고, 묘했다.

그렇게 내 안에 있는 체리를 나는 찾아낸 것이다.

당신은 슬픔의 바다를 어떻게 건너왔는가.

당신의 체리는 무엇인가.

당신이 지금 힘들고, 고통스러운 바다를 건너고 있을지라도
당신의 안에 있는 그 체리는
당신을 더 단단하게 만들고, 더 나아지게 만들 것이다.

엄마도 아시다시피

엄마도 아시다시피

천운영 글 | 문학과 지성사, 2013

엄마도 아시다시피

손수건은 매일 아침 어머니가 그의 양복 뒷주머니에 넣어 주었다.

서랍장에서 하나 꺼내 주는 것이 아니라,

저녁에 빨아 새벽에 다린 따끈따끈한 손수건이었다.

그것은 그가 가슴에 손수건을 매달고 초등학교에 입학한 순간부터 계속되어온

어머니의 배웅 방식이었다.

포옹처럼 따끈한 손수건은.

-《엄마도 아시다시피》 중에서

당신의 기억 속에 아직도 선명하게 남아 있는, 잊히지 않는 엄마의 모습은 언제이며 어떤 기억인가?

《엄마도 아시다시피》의 주인공 아저씨는 엄마의 장례식을 끝내고 식당에서 밥을 먹다가 얼굴에 묻은 국물을 닦으려고 뒷주머니에서 손수건을 찾을 때, 아무리 뒤져도 손수건이 없을 때, 그때 엄마가 더 존재하지 않다는 것을 깨닫는다. 가장 사소한 일에서 가장 사소하게 부재를 깨닫는다.

생각해보니, 정말 그런 것 같다. 부모를 잃은 아이를 부르는 호칭인 '고아'는 있어도 자식을 잃은 부모를 부르는 호칭이 없다는 것은, 어쩌면 우리는 모두 누군가의 자식으로 태어나서 누군가의 자식으로 죽는 것은 아닌가라는 생각 말이다.

사실이지 엄마의 마지막을 기록하고 기억하는 것은 믿기지 않는 일이다.

엄마의 첫 제삿날에 대전 큰오빠네로 가면서도 엄마의 첫

기일이라는 게 믿기지 않았다.

"우리 엄마는 내 앞에서 밥상만 받을 줄 알았지, 이렇게 제사상을 받을 줄은 몰랐다."

큰오빠의 말에 고개 숙인 형제들이 하나둘 훌쩍이기 시작했다. 내 속에서 누군가가 소리치는 것 같았다.

'엄마는 고향 집에 있다고,

거기에 가야 엄마를 만날 수 있다고.'

《엄마도 아시다시피》의 주인공은 돌아가신 엄마를 기억해내기 위해 생전에 엄마가 누워계시던 보료에 눕기도 하고, 울 때마다 쉰 목소리가 나는 걸 떠올리고, 목을 혹사한다. 이미 쉰이 넘었고, 아이들이 대학생이 되었는데도 엄마는 필요했던 것이다.

엄마를 떠올리게 되는 매개체

같이 공부를 하는 모임에 이미 자녀가 다 커서 직장생활을 하는 오십대 후반 언니가 있다. 길남 언니는 아버지가 뇌졸중으로 쓰러져서 요양병원에 계시다며, 부처님의 고행상을 볼 때마다 아버지의 모습이 떠올라 힘들다고 했다. 언니는 아버지 이야기를 하면서 폭풍처럼 눈물을 쏟았다.

예전에 나는 몰랐다. 내 나이 25살 때 삼수 때문에 아직 대학생이었을 때, 아버지가 돌아가셨다. 그때 나는 너무나도 철없게도 아버지를 원망했다. 무슨 권한으로 그렇게 일찍 돌아가시냐고. 대학 졸업식장에도, 나의 결혼식에도 참석하지 못하는 게, 그리고 너무나도 바보스럽게도 아버지가 없다는 게 남들 보기에 너무 창피했다.

그런데, 지금 마른 나뭇가지의 모습으로 울고 있는 길남 언니를 보면서, 25살 때 아버지가 돌아가시는 것보다 55살 때 아버지가 돌아가시는 게 훨씬 많이 아프고 힘들겠다는 생각이 들었다. 추억의 질량이 두 배가 넘기 때문이다.

어른이 되면 슬픔을 갈무리하는 힘도 어른이 되어야 하겠지만, 부모와 이별은 한 사람을 사회적 시선의 한 사람으로서 있지 못하게 한다.

부디 그 언니가 이렇게 힘든 시기를 잘 견디길 기도한다.

그리고 돌아와서 생각해보면 언니가 보내고 있는 이 어둠이, 사실은 아버지와 함께 숨 쉬고, 아버지 손을 잡고, 아버지와 이야기할 수 있는 생의 마지막 아름다움임을.

언니도 언젠가는 깨닫게 될 것이다

길남 언니는 앞으로도 부처님의 고행상을 볼 때마다 아버지가 떠오를지도 모른다. 언젠가는 그것마저도 감사할 수 있는 순간이 올 것이다.

엄마는 어디에도 없고 어디에나 있다

《엄마도 아시다시피》의 주인공은 엄마가 쓰던 보료에 눕고서는 엄마의 체형대로 변형된 것을 알게 된다. 그러면서 엄마가 이렇게 작고 왜소했었는지 다시 한 번 놀라게 된다. 보료에 지친 몸을 누이자 엄마가 안아주는 것 같은 편안함을 느낀다. 엄마가 필요하다는 것은 나이와는 상관이 없는 감정인 것 같다.

나는 어떤 것을 보면 엄마가 떠오르나. 어떤 것을 볼 때 울컥하는가.

나에게 엄마가 떠오르는 때는 할머니들의 뒷모습을 보았을 때이다.

뽀글뽀글 파마와 스팽글이 박힌 꽃분홍 재킷을 입은 할머니의 뒷모습을 보면 달려가서 꼭 안고 싶어진다. "엄마!"라고 부르고 싶어진다.

며칠 전, 상가 지하주차장에서 길을 헤매는 할머니를 만난 적이 있다. 가게 안내 글씨와 층수를 확인하며 고개를 왔다 갔다 하시는 거였다.

"할머니, 어디 가세요?"

"한의원이요."

"여기 한의원 3층이에요. 제가 눌러드릴게요."

3층을 누르고 엘리베이터가 올라가는데 할머니는 출입문 코앞으로 가서 서 계셨다. 그때, 뒷모습을 보는데 나도 모르게 코끝이 찡! 해오는 것이다.

문이 열릴세라, 할머니에게 말을 건넸다.

"할머니, 건강하세요. 죄송한데요. 손 한 번 잡아 봐도 돼요?"

"아, 네."

할머니는 고맙게도 나에게 손을 내어주셨다.

꺼끌꺼끌한 손을 잡는데, 예전에 누군가의 손과 똑같이 거칠고, 작은 손이었다. 나는 단숨에 한 사람을 복기해내곤, 손수건으로 눈가를 훔쳤다.

비슷한 사람이라도 만나게 되어서
손이라도 잡게 되어서
다행이었다.
엄마도 아시다시피 나이 오십이 다 되어 가는데도
아직도 엄마가 필요하다.

당신은 어떤 때 엄마가 필요한가.
너무 맛있는 요리인데 혼자서 먹을 때,
너무 이쁜 파란색 하늘인데 혼자서 볼 때,

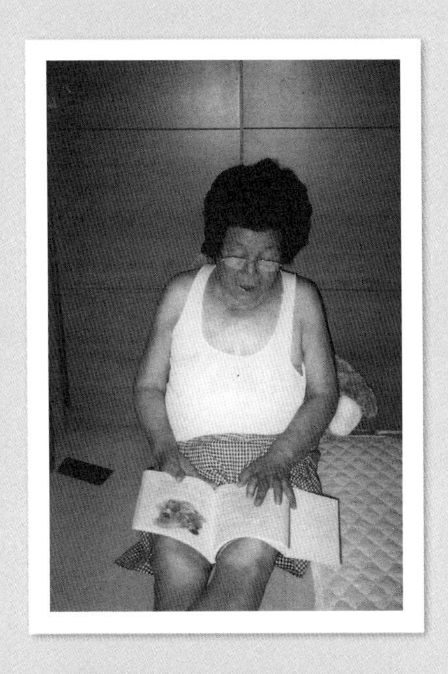

당신의 기억 속에 아직도 선명하게 남아 있는,
잊히지 않는 엄마의 모습은 언제이며 어떤 기억인가?
나에게 엄마가 떠오르는 때는
할머니들의 뒷모습을 보았을 때이다.
할머니의 뒷모습을 보면 달려가서 꼭 안고 싶어진다.
"엄마!"라고 부르고 싶어진다.

나무가 너무 푸르러 눈이 부실 때,

당신에게 엄마가 필요한 순간을 생각해본다.

사실, 당신에겐 아직 엄마가 필요하다.

나이가 어떻든, 상황이 어떻든

당신은 아직도 당신의 엄마에겐 아이니까 말이다.

엄마와 한 달 살기

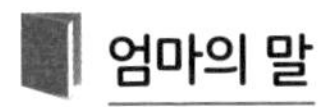

최숙희 글 • 그림 | 책읽는곰, 2014

엄마의 서울 생활

이제 엄마의 말들은 모두 엄마 품을 떠났어.

엄마가 되고 싶었던 모습으로,

엄마가 살고 싶었던 세상으로,

힘차게 달려 나갔지.

-《엄마의 말》 중에서

최숙희 작가의 《엄마의 말》은 아이였던 엄마가 말을 좋아한 이야기로 시작한다.

이 그림책 속 '말'은 사람의 눈동자를 가진 따뜻한 존재들이다. 순한 눈망울과 손으로 만지면 따뜻한 털과 부드러운 갈기. 어디든지 달려갈 수 있는 튼튼하고 강인한 다리를 가진 존재로 작가의 엄마가 되고 싶어 하는 대상이었다. 그러면서도 망아지 같은 자식들이 되기도 한다.

막내인 나도 엄마에겐 풀어놓은 망아지였다.

대학을 졸업하자마자 집을 나와서 객지 생활을 했으니까. (돈만 벌면 엄마한테서 독립하리라 생각했다.) 남들보다 늦은 나이인 26세부터 나의 자취생활은 시작되었다.

나는 26세에 인천에 계신 8촌 아지매 댁에서 얹혀살다가 27세부터는 서울 생활을 시작했다. 일명 지옥고(지하방, 옥탑방, 고시원) 생활을 두루 섭렵하며 저녁 일을 끝내고 돌아올 때마다 항상 내 머릿속을 스치는 생각이 있었다.

'이렇게 넓고 넓은 땅에 다들 편히 지낼 집이 있는데, 나는 없구나!'

학원강사로 취직을 하자마자 엄마가 가장 먼저 나에게 적금통장을 내밀었다.

"은영아, 적금부터 들자. 그래야 된다!"

그때부터 엄마에게 월급의 80%를 보내고, 나머지 돈으로 한 달씩 살았다. 월급날 근처가 되면 돈이 떨어져 굶은 적도 있었다. 그렇게 3년 가까이 저금을 하고, 서른이 되는 3월에 나는 다시 대학생이 된다.(친구들은 결혼식장에 가는데 나는 입학식장에 간다.)

내가 늙은 대학생이 되자, 엄마는 칠순 학부모가 되었다. 그때부터 엄마는 서울로 올라와 한 달씩 머무르다가 다시 부산에 갔다. 처음에 엄마는 나의 자취집을 구하는데 그동안 내가 모은 돈이라며 삼천만 원을 건넸다. 혼자 구하는 방이라 살짝 무서웠는데 엄마가 있어서 다행이다.

"반지하 방이지만 두 칸이믄 됐지모. 그나저나 시집은 안 가고 뭔 또 공부고?"

집을 구할 때도 계약을 할 때도 엄마가 같이해줬다.

엄마와 국립현충원 소풍

그다음에도 엄마는 종종 서울에 올라왔는데, 배낭이 찢어질 정도로 반찬을 들고 오신다. 내가 매도 어깨가 빠질 정도이다. 어쩌다 학교 수업 때문에 서울역에 마중을 가지 못하면 엄마는 버스를 타고 오신다. 저녁에 TV 소리가 현관문 밖에서도 들리면 엄마가 왔다는 거다.

엄마는 부엌 겸 거실 가득 김치찌개 냄새를 풍기거나 묵은지 냄새를 풍겼다. 그래도 달려들어서 먹으면 그 맛이 일품이다.

"엄마, 맛있다. 오뎅도 맛있다!"(엄마표 김치찌개에는 오뎅이 들어가 있다.)

엄마는 아침밥을 드시고, 8시부터 9시 30분까지 꼼짝도 하지 않고, 아침 드라마를 섭렵하신다. 그러고 나서 한 바퀴 동네 마실을 다녀온다. 엄마는 종종 무료인 지하철을 타고 여기저기 다녀오는데 그 장소는 매번 다른 곳이다.

"경동시장에 댕기왔는데, 자, 이거 한 입 무 바라."

시장에서 산 참외를 깎아서 먹었는데 생각보다 달았다. 엄마는 거의 다 땡처리할 때가 다 된 과일이나 채소를 싸게 산다. (엄마에게 유전된 건지 나도 세일상품이면 목숨을 걸고 산다)

한 번은 내가 다니는 대학교 박물관을 구경하고 싶다고 했다. 엄마를 모시고 학교 박물관을 가는데, 엄마는 옛 물건을 보시고는 알은 척을 한다.

"저거는 닭구(닭)새끼 알 까믄 지푸라기 꼬아서 맹그는 긴데 내가 솜씨가 쪼매 갠찮아데이."

자백이다. 엄마는 무슨 말을 할 때마다 나에게 가르치려고 든다. 엄마의 잔소리는 결국 칠칠치 못한 나의 행동거지로 귀결된다.

"그래, 가이단(계단) 내리올 때는 잘 보고 걸으라 했제? 무르팍은 깨지라고 있는기 아이다."

"길 가다가도 앞을 바라. 턱이 있으모 딱 지키보고 가고."

나는 이어지는 엄마의 잔소리 가락을 귓등으로도 듣지 않는다.

"고마해라. 마이 했다 아니가? 밥 도!!"

내가 소리를 꽥 질러야 엄마는 부엌으로 가서 밥통을 확인한다.

주말이면 좀 멀리 버스를 타고 움직이는데, 엄마가 국립현충원을 가고 싶다고 했다.

"박통 때 봤던 그 장례차가 보고 싶구마."

"뜬금없이, 뭔 장례차? 됐다마."

나는 엄마의 부탁대로 국립현충원으로 엄마를 모시고 간다. 생각보다 너무 크고 넓은 규모에 놀란다. 추모하는 곳이라는 선입견이 있었지만, 공원이라고 해도 될 정도로 나무도 많고 쉴 곳도 많다.

나는 박정희 대통령 타계 시 초등 일학년이었기 때문에 박통에 대한 기억이 없다.(대학생 때 기억이 훨씬 많다.)

엄마의 말대로 길을 따라 올라갔다. 거짓말처럼 거대란 아크릴 벽 안에 노란색 관광버스가 보였다. 엄마는 감동하셨는지 눈물까지 글썽인다. 안이 보이게 만든 투명 버스였는데 하얀 국화꽃으로 꾸며놓은 거였다. 엄마는 영구차 주변을 맴돌면서 낮은 소리로 무언가를 말씀하였다. 속삭이는 것 같았다.

엄마 없는 자취방

"이제 슬슬 부산에 내리갈란다."

엄마가 상경한 지 한 달이 다 되어갈 때면, 엄마는 저렇게 말씀하신다. 부산에 꿀 발라 놓은 것도 아닌데, 왜 꼬박꼬박 가야 하는지. 엄마한테 약속했다. 수업을 마치고 밤늦은 시간에 반지하 방으로 들어갈 때, 불이 켜져 있는 게 좋았다. 엄마가 드라마를 본 뒤 이런저런 이야기를 해주는 게 좋았다. 객지 생활이어도 엄마만 있으면 고향집처럼 아늑했다. 엄마는 그랬다.

엄마가 부산에 가겠다고 한 날, 아침이면 마음이 무거웠다. 그동안에 엄마에게 잘 대해주지 못한 게 목구멍에 걸렸다. 작별인사도 하는 둥 마는 둥 하고 수업을 간다.

온종일, 밖에 있다. 늦은 밤 자취방으로 내려가면 현관문을 열자마자 켜켜이 쌓여있던 어둠이 와르르 쏟아진다.

엄마가 없다.

나는 엄마가 이미 기차를 타고 내려갔다는 걸 알면서도 이

방 저 방 엄마를 찾는다. 너무나도 단단해진 허전함에 왈칵 울음이 치민다.

"엄마! 미안해."

바래다주지 못해서, 엄마 혼자 부산에 쓸쓸하게 있게 해서.

엄마가 가고 난 뒤, 다시 국립현충원에 혼자서 가본다. 실록은 더 푸르렀고 새들의 노랫소리가 온 산에 메아리친다. 엄마가 보았던 그 영구차가 보인다.

어느 별 좋은 가을날,
엄마는 바다로 떠난 망아지에게 작별인사를 건넸어.
'안녕, 아가야. 언젠가 다시 만나자.'
그러자 아이의 손길처럼 따스한 가을별이
남은 눈물을 거두어 갔어.
– 최숙희, 《엄마의 말》 중에서

그때, 국립현충원에서 엄마는 무슨 이야기를 속삭였을까.
무엇을 보냈을까.
무엇과 작별인사를 건네고 살짝 눈물을 훔친 걸까.

언젠가 엄마를 만나면 물어보고 싶다.

엄마와 언제 마지막 산책을 나누었는지 기억해보라.

엄마는 풍경들에게 무슨 이야기를 속삭였을까.

엄마는 무엇을 보내고 싶어 했고, 무엇을 보낼 수 없었을까.

언젠가 엄마를 만나면 물어보고 싶은 건 무엇인가.

인생에서 가장 확실한 사실

우리는 언젠가 죽는다

데이비드 실즈 저 • 김명남 옮김 | 문학동네, 2010

언젠가는 죽는다

우리의 몸은 오늘도 죽음을 향해 부지런히 달려가고 있다. 스무 살 이후 관절 기능이 쇠퇴하기 시작하고, 새로 생성되는 뼈보다 사라지는 뼈의 양이 더 많아지며, 미각과 후각 능력도 현저히 떨어지고, 창조성은 30대에 급격히 절정에 달한 후 급격히 줄어든다.

나이를 먹으면서 좋아지는 것도 있다. 어휘력은 스무 살일 때보다 마흔다섯 살일 때 세 배 더 풍성하고, 예순 살의 뇌는 스무 살 때보다 정보를 네 배 더 많이 간직하고 있다. 날렵한 몸매보다 건강과 행복이 더 중요함을 깨닫게 되고, 더 쉽게 감동하며, 범상한 것들에 주의를 기울기고 감사해하고, 주위 사람들을 더 깊이 사랑하게 된다.

-《우리는 언젠가 죽는다》 중에서

우리의 몸이 변해가는 과정을 살펴보는 것은 쉬운 일이 아니다. 매번 인지하지 못하는 사이에도 우리는 늙어가고 있다. 데이비드 실즈는 90대인 아버지를 통해 인간의 신체적 변화를 설명해주고 있다. 우리가 모르는 노인 생활을 접해볼 수 있다.

노인이 되어 간다는 것은 어떤 것일까?

이 책은 경향신문의 한 꼭지인 〈내 인생의 책〉에서 소설을 막바지 작업을 하는 와중에 갑자기 돌아가신 아버지를 기억하면서 이 책을 소개한다. 정유정 작가의 인생 책인 《우리는 언젠가 죽는다》는 곧바로 내 책꽂이에 꽂히게 되었다.

데이비드 실즈가 말하듯 우리는 지금까지 신체적 변화를 느끼고 있으며 언젠가는 죽음을 맞이하게 될 것이다. 하지만 거기에서 가장 중요한 것은 '죽음은 삶의 어머니'라는 점이다. 삶을 소중하게 보내기 위해서는 죽음을 명심해야 한다.

엄마, 천국에 잘 도착하셨나요?

죽음을 의식하고 삶의 일부로 받아들이기 시작하는 순간, 아이러니하게도 인생은 전에 없이 반짝반짝 빛을 낸다. 소유할 수 없는 것을 욕심내느라, 잡을 수 없는 것을 붙드느라, 막을 수 없는 것을 피하느라 너무 많은 감정과 시간을 낭비하며 사는 사람들에게 말한다. 죽음을 받아들이고, 덧없는 인생과 무기력한 육체까지도 열심히 사랑하고 즐기라고.

-《우리는 언젠가 죽는다》 중에서

나는 엄마와 26살 이후로 같이 살지 않았기에 엄마가 노인으로 변해가는 발달단계를 전혀 몰랐다. 66세 때 남편을 잃은 엄마는 급한 속도로 노인의 길로 접어들고 있었던 것이다.

엄마는 앞이 잘 안 보인다고 했다. 사실 엄마의 안구를 자세히 보면, 동공이 검은색이 아니라 탁해 보였으며, 눈물샘이 있는 곳에는 비립종 같은 게 있어 항상 따끔거린다고 하셨다. 눈썹은 듬성듬성 빠지고, 속눈썹도 거의 없는 상태였다.(실제로 데이비드 실즈는 노년의 발달단계를 이야기하면서 70대 이후가 되면 몸에 있는 털의 60% 이상이 빠지고 더 생성되지 않는다고 한다.)

"뭐라꼬? 뭐라카노?"

전화 통화에서 엄마는 소리를 엄청나게 크게 지르셨다. 추운 겨울 고혈압 쇼크사로 쓰러지고 난 뒤 엄마의 난청은 더 심해졌다. 목소리만 조금 키우면 금방 대화가 가능했던 엄마. 그 엄마의 목소리가 아직도 쩌렁쩌렁하게 들리는 듯하다.

하지만 계속해서 뇌압이 높아지고, 뇌혈관에 꽈리가 커지기 시작할 무렵에는 정말 보청기를 해드린다고 했을 정도로 의사소통이 힘들었다. 가까이에서 귀에 대고 소리를 질러도 "도통 뭔 말인지 모르것따." 하며 혼잣말을 하시던 게 생각난다.

나는 결혼을 늦게 한 탓에 객지 생활에도 불구하고 다른 형제들보다 엄마랑 같이 산 시간이 많았다. 그런 내가 엄마랑 둘이서 있을 때마다 꼭 같이 가는 곳이 있다. 바로 목욕탕이다. 엄마는 증기로 가득한 욕탕을 힘들어하셨는데 "머리가 내둘리는 것 같다"라며 발 떼기도 싫어하셨다. 나는 그게 노인의 엄살로 보였다.

"고마해라. 내가 엄마 묵은 때 빡빡 밀어줄게. 답답하면 찬물 한 잔 마시고."

세신사 여사님께 사정을 말씀드리고 양해를 구할 때면 모두 빈자리를 빌려주셨다. 나는 엄마를 눕히고, 엄마 전용 종신 세신사 역할을 한다.

엄마의 몸은 보면 볼수록 올챙이를 닮았는데, 하얗고 볼록한 배는 옆으로 퍼져 있고 다리는 마른 꼬챙이 같았다. 겉보기에는 깨끗해 보여도 노인 특유의 꼼꼼히 씻지 않는 습관 때문에 때가 국숫발처럼 나왔다. 그리고 가장 신기하고 묘한 순간은 바로 엄마의 거시기! 엄마는 정말 털이 다 빠지고 없었다.

'내가 저기에서 나왔다니. 정말 사실일까?'

엄마 전문 세신사가 될 때마다 궁금한 점이었다. 내가 아기를 낳고 나서야 진실을 터득했지만 말이다.

한 시간가량 엄마 몸을 씻어드리고 나면 내가 기진맥진이 된다. 얼굴은 벌게지고, 팔이 욱신거린다.

"은영아, 이거 마시라."

하며 엄마가 내민 요구르트! 냉장고에서 방금 꺼낸 차가운 맛이 일품이다. 나는 아직도 엄마가 주신 그 요구르트보다 시원한 맛을 알지 못한다.

"엄마, 천국에 잘 도착하셨나요? 엄마가 주신 요구르트! 최고였어요!"

나도 언젠가는 죽는다

엄마가 돌아가시고 난 다음, 나는 고민에 빠졌다.

"나는 어떻게 죽을 것인가."

내가 60대가 되고 할머니가 된다면 나는 무엇을 하고 어떻게 하루를 보낼 것인가.

이런 생각은 자주 해보지 않아서 나에게 너무 낯설었다.

우선, 나는 내 가족들에게 '연명치료 의향서'를 보여줄 것이다. 의식이 없는 상황에서 그저 생을 연장하기 위한 치료를 받지 않을 것이다. 그래서 누군가에게 나 때문에 생기는 부담을 주지 않을 것이다.

그리고 내가 오랫동안 꾸었던 꿈인 가이드(문화해설사)를 해보고 싶다. 장소는 유럽이든 일본이든 한국이든 상관없다.

가이드는 당일치기도 괜찮고 숙박도 괜찮다. 직접 현지 여행사를 차려서 도보로만 하는 여행을 계획해보고 싶다. 가족 단위로 오는 사람들을 위해서 해설이 있는 테마여행을 안내하고 싶다.

서른둘에 파리를 가보고 난 뒤, 문화 충격으로 파리 앓이를 했던 시절이 떠오른다. 세느강 유람선을 타고 보았던 강 주변의 풍광들이 잊히지 않았다.

'어떻게 강 주변에 고층아파트를 세우지 않지? 역사적 건축물들이 고스란히 남아 있지?'

풍광이 아름다운 곳일수록 나 혼자가 아닌 모든 사람이 볼 수 있도록 공공장소와 문화적 건축물들이 배치된 것을 보고 놀랐다. 그리고 부러웠다. 그 놀람과 부러움이 계속 언어공부를 하고 미술사, 사회사 등의 책을 읽게 했는지도 모른다.

언젠가는 내가 꿈꾸던 일들을 하며 하루를 보낼 날이 올

것이다.

나는 할머니가 되어도 나의 하루하루를 귀하게 여길 것이다. 엄마가 돌아가심으로써 나에게 시간의 의미를 새롭게 재부팅했다.

당신은 할머니 혹은 할아버지가 되었을 때, 어떤 노인으로 기억되고 싶은가.

엄마를 잃었던 기억은 당신을 좀 더 귀한 할머니로 만들 것이며.

엄마와 함께했던 기억은 당신을 좀 더 따뜻한 할아버지로 만들 것이다.

당신은 감사의 인사가 마음에 베여 있는 온화한 미소를 가진 사람이 되어갈 것이다.

엄마를 만나는 방법

이게 정말 천국일까

요시타케 신스케 글·그림 | 주니어 김영사, 2016

이게 정말 천국인가

이제 할아버지 생각은 알 수 없어요.

살아 계실 때, 함께 이야기를 나눴더라면 좋았을 텐데…….

할아버지를 만날 수 없는 건 슬퍼요.

하지만 정말로 천국이 있다면?

그리고 할아버지가 상상한 그대로라면?

조금은 안심이 돼요.

이게 다 할아버지의 공책 덕분이에요.

-《이게 정말 천국일까》 중에서

이 책은 할아버지가 돌아가시고 난 다음, 할아버지 침대 아래에서 발견한 노트를 바탕으로 이어진다. 할아버지는 천국에 갈 때, 준비물도 그림으로 그려보고, 두려운 마음을 이기기 위해 자신만의 유머로 죽음 뒤의 세계를 그린 것이다.

나는 이 책을 북카페에서 처음 읽었는데, 엄마가 없다는 막막함을 조금이나마 덜어준 게 '사랑하는 이들을 지켜보는 방법'이었다. 작가의 바람이 너무나도 따뜻하고 신선해서 모두 다 믿고 싶을 정도였다. 정말 바람에 날아다니는 비닐봉지가 엄마가 아닐까 하며 눈여겨보게 된다. 식탁 위의 사과도, 유모차에 탄 아기들도 예사롭지 않다.

여기서는 나도 요시타케 신스케 작가처럼 만화 형식으로 구현해보고자 한다. 그림을 그려준 딸들(박성원 12세 박지율 11세)에게 고마움을 표한다.

다시 태어난다면 되고 싶은 것(엄마가)

사랑하는 이들을 지켜보는 방법(엄마가)

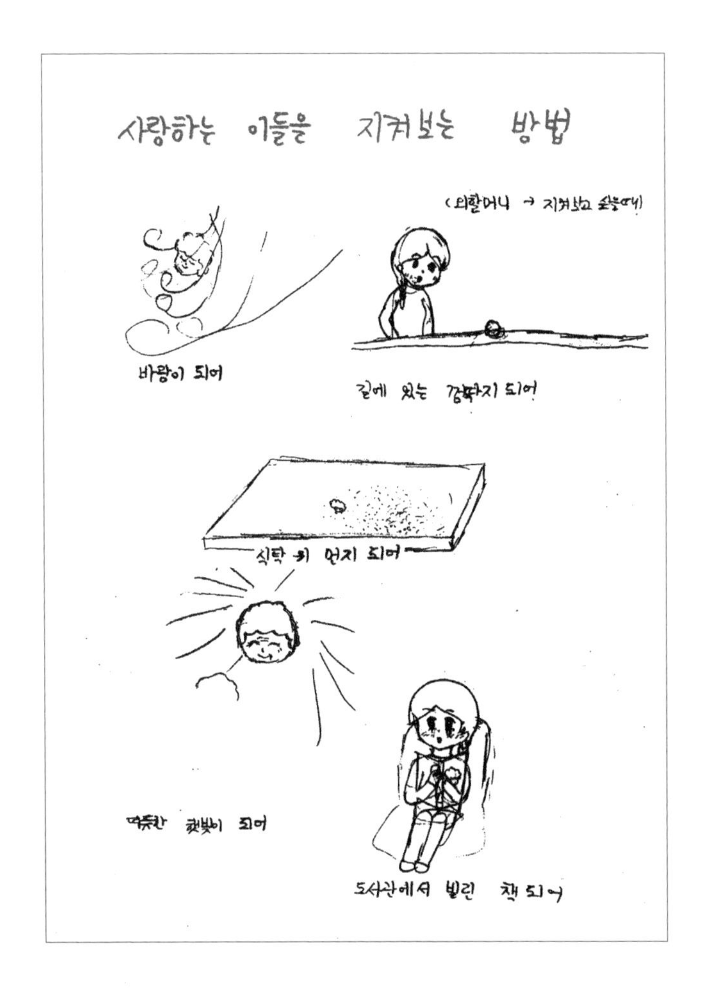

천국에 있는 엄마를 만나는 방법(내가)

엄마와 같이 간 여행지의
기념품을 본다.
꿈에서 엄마를 만난다
내가 오늘
은 말이며,
어떤걸
그래서
행복했다
엄마가 남긴 일기나
글씨를 읽는다.

chapter 3

엄마의 가을

가을바람처럼 스산한
이별의 순간

엄마의 가을

외로우니까 사람이다

정호승 지음 | 열림원, 2016

귀뚜라미에게 받은 짧은 편지

가을이 되면 엄마는 미리 겨울 채비를 한다. 바로 양식 비축. 그것은 특별한 것도 분주한 것도 아니다. 쌀을 두 가마 이상씩 팔아놓고 베란다에 쟁여놓는 것이다.

"쌀벌레 생기고 냄새나는데 뭐한다고 쌓아둬? 그냥 먹을 만큼만 사면 되지."

작년에도 쌀벌레로 쌀을 다 망친 기억이 있어서 내가 한

마디 타박했다.

"그기 아니다. 은영아. 쌀이 곳간에 가득 있으야, 맴이 든든하데이. 니는 모린다. 그 난리 통에."

엄마의 몸은 여기 아파트에 살고 있지만 마음은 아직 슬레이트집과 산 밑 양옥집에 머물러 있을 때가 있다.

시어머니와 남편 그리고 아이들 다섯 명을 건사하려면 얼마나 많은 쌀이 필요할까. 쌀이 금방 떨어지고 쌀을 살 돈도 떨어지고. 그런 날도 많았을 것이다. 시어머니는 며느리를 구박하고, 남편은 화를 내고, 아이들은 배가 고프다며 아우성을 칠 모습이 선하다.

이제 와서 생각해보니, 엄마에게 쌀은 그냥 쌀이 아니라 우리 가족의 목숨을 지탱해주는 든든한 양식이었다. 그래서 절대로 동나거나 부족해서는 안 되는 거였다.

싸니까 많이 사두는 것도 있겠지만 엄마는 다른 건 몰라도 쌀이 넉넉히 있어야 마음이 편안했던 것이다. 그래야 이 집의 누구 하나 배 굶지 않을 수 있으므로.

엄마가 돌아가시고 나서야 왜 그렇게 베란다에 쌀가마가 쟁여져 있었는지 이해가 되었다. 엄마에 대해 참으로 몰랐던

나였다. 그런 엄마와 경제 논리로 토론을 하고, 음식을 버리지 못해 꾸역꾸역 드시는 엄마에게

"그렇게 드시면 살찌고, 살찌면 성인병 걸린다."

라며 모질게 굴었다.

왜 그리도 못났는지. 이제 와 생각해보니 참 한심하다.

엄마에 대해 조금만 더 공부하고, 이해했다면 엄마의 생활방식도 그렇게 날카롭게 지적하고 수정하려고 하지 않았을 텐데 말이다. 그렇게 되면 엄마와 부딪힘도 훨씬 덜 했을 텐데.

내 마음이 그럴 때, 우연히 정호승 시인의 시 〈귀뚜라미에게 받은 짧은 편지〉가 다가왔다. 귀뚜라미는 가을이면 나타나는데 왠지 그 울음소리가 스르르 스르르 처량하고 슬프게 들린다. 이제 엄마 돌아가신 지 일 년이 넘었는데 아직도 믿어지지 않는다.

고향집에 가면 아파트 현관 앞 화단 앞에 엄마가 계실 것 같고, 요양병원 병실에 가면 엄마가 누워계실 것 같다. 그리고 대학 시절 내 자취방에 가면 엄마가 도착해 요리해두고 날 기다렸던 것처럼 엄마의 김치찌개 냄새가 시간과 공간을 넘어 나에게 오는 것 같다.

'해마다 가을날 밤이 깊으면 갈댓잎 사이로 허옇게 보름달 뜨면' 귀뚜라미도 사무치게 엄마가 그리운가 보다. 정호승 시인이 〈귀뚜라미에게 받은 짧은 편지〉에서 '보름달 뜨면 / 내가 대신 이렇게 / 울고 있잖아'라고 했듯 나를 위해 울어주는 그 생명체에게 고맙다.

그리고 그의 눈물이 헛되지 않게 씩씩하게 잘 살아야 하는데 아직도 나는 엄마를 보내지 못하고 있다. 어쩌면 영원히 엄마가 돌아가셨다는 걸 망각하고 계속 그리워할지도 모른다.

엄마가 있어서

정호승 시인은 '사랑하다 죽어버려라!'라는 당돌하고(?) 대중적인 시를 주로 쓰는 분으로 알고 있었다. 내면의 깊이나 사유보다는 감각적인 시가 많았기에 한 번 읽기만 했을 뿐, 마음에 담아두지 않았다.

하지만 시집 《외로우니까 사람이다》에서는 자주 어머니의 이미지가 등장한다. 예전에도 이 시집을 읽었는데 그때는 연애시가 좋았다. 이제는 군데군데 나오는 어머니 시가 가슴에 꽂힌다. 특히 〈거지 인형〉을 읽고 나면 이런 의문이 절로 떠오른다.

엄마의 가을은 어땠을까?

엄마의 겨울은 어땠을까?

무엇으로 따뜻하게 지냈으며 무엇이 엄마를 춥게 만들었을까?

엄마에게 단 한 번도 따뜻하게 계절을 묻지 못했던 게 후회스럽다. 따뜻한 국 하나 끓여드리지 못해 죄송하다.

이제 와 생각해보니, 엄마가 있어서 나의 겨울이 따뜻했던 것 같다. 내가 전화할 때마다 "박 서방은?, 사돈어른은?, 아이들은?" 하면서 조사를 해온 것이 죄다 따뜻한 인사였음을 알게 된다.

시인이 '나는 엄마가 있어서 외롭지 않은데'라고 노래했듯 내가 있어서 엄마도 따뜻했으면 얼마나 좋았을까.

아직도 나는 엄마를 보내지 못하고 있다.
어쩌면 영원히 엄마가 돌아가셨다는 걸 망각하고
계속 그리워할지도 모른다.

엄마에게 단 한 번도 따뜻하게
계절을 묻지 못했던 게 후회스럽다.
따뜻한 국 하나 끓여드리지 못해 죄송하다.

엄마는 무슨 꽃?

안개꽃은 화려하거나 주연의 이미지를 가진 꽃이 아니다. 정호승 시인은 삶과 죽음의 모습이 한결같이 변함없는 안개꽃에서 어머니의 이미지를 찾은 것 같다. 자신이 돋보이려고 나선 적 없으며, 누군가의 배경이 되어 은은하게 은근하게 살아왔던 엄마랑 참 많이 닮은 꽃이 바로 안개꽃이다.

당신의 엄마는 어떤 꽃을 닮았는가.

당신이 그 꽃을 떠올릴 때, 당신의 엄마는 그 꽃보다 훨씬 찬란하고 빛나며 아름다우실 것 같다.

왜 그런지 근거를 대라고 하면 할 말이 없지만

왠지 그럴 것 같다.

당신의 엄마는 아름답다.

'세상의 어머니들 돌아가시면 / 저 모습으로 / 우리 헤어져도 / 저 모습으로'

이렇게 읊조리는 시인의 마음처럼

그런 엄마를 기억하는 당신 역시 아름답다.

엄마는 어디로 가셨나요?

무릎 딱지

샤를로트 문드리크 글 • 올리비에 탈레크 그림 | 한울림 어린이, 2010

엄마가 오늘 아침에 죽었다

오늘 아침에 엄마가 죽었다.

-《무릎 딱지》 중에서

엄마가 돌아가시면 몸속의 회로가 끊어진다.

《무릎 딱지》의 주인공 아이는 아침에 일어나 엄마의 죽음을 자각한다. 집이라는 감옥에 갇힌 것처럼 풀어진 호스처럼 목적을 잃어버리게 된다. 그리고 창문이 아이의 얼굴과 몸을 동강 낸 것처럼 그렇게 모든 게 동강 나버린다.

아이는 남들은 이해할 수 없는 이상행동을 한다.

여름인데도 방마다 창문을 꽉꽉 잠그는 행동을 하거나, 한동안 멍하니 화석처럼 소파에 앉아 있기도 한다. 무릎에 생긴 상처 딱지를 나을 만하면 떼는 행동을 계속하다. 그리고 어른을 달래고 챙기는 행동을 하면서 자신의 역할을 뛰어넘어 다른 사람을 돌보기까지 한다.

왜 이 책은 붉은색이 많을까?

《무릎 딱지》는 책 표지부터 아이의 집과 집안의 가구들 침대, 소파, 계단들이 모두 붉은색이다. 게다가 글밥까지 붉은색이다. 이런 그림책은 처음이다.

엄마는 어디로 가셨나요?

나는 엄마 냄새를 잊지 않으려고 애쓰지만,

엄마 냄새는 자꾸 사라진다.

나는 엄마 냄새가 새어나가지 않도록 집안의 창문을 꼭
꼭 닫았다.
창문을 닫아야 엄마 냄새가 새어나가지 않는다는 걸
나는 말하지 않았다.

- 《무릎 딱지》 중에서

남들이 보기엔 이상행동이 아이에겐 다 이유가 있는 행동이다.

엄마를 잃어버린 사람은 알겠지만, 이상해지지 않고는 버틸 수 없는 시간이 오게 된다.

우리 집에도 두드러지게 그런 행동을 보인 사람이 있다. 바로 엄마의 둘째 딸이자 항상 엄마의 애정을 갈구하던 작은언니(정순락 61세)이다. 작은언니는 엄마가 요양병원에 계실 때도 가장 많이 찾아뵈었고, 엄마 집 청소와 엄마 집에 있는 작은오빠와 조카 요리까지 일주일에 한 번씩 찾아가 돌보는 일을 했다.

엄마가 돌아가시자 작은언니는 엄마 냄새가 너무 그리워 엄마 집으로 갔다고 한다. 엄마 옷, 엄마 베개, 엄마 이불을 안고는 코를 비비며 엄마를 불렀다고 한다. 그 장면을 떠올리면 환갑을 넘긴 할머니의 모습이 아니라 엄마를 그리워하는 한 아이로 보인다. 마음이 아프다.

나 같은 경우는 워낙 사차원 기질이 강했기 때문에, 내가 어떤 이상행동을 할지 나도 예상하지 못했다. 예전에 아버지가 돌아가시고 난 뒤에 계절이 바뀌지 않았으면 하는 바람으로 여름 민소매를 늦가을까지 입고 다니다 독감에 걸리기도 했다. 내가 하는 행동으로 계절이 바뀌지 않는다는 건 모르는 게 아니었다. 그래도 나라도 반항하고 싶었다. 계절에 굴복하고 싶지 않았다.

그랬던 내가 엄마가 돌아가시자, 할 수 있는 이상행동이 없었다.

"아버지가 돌아가시면 마음이 아프고, 엄마가 돌아가시면 뼛속까지 아프다."는 말처럼 이상행동을 할 새도 없이 문득 문득 엄마가 떠올라 생활이 마비되었다.

한여름에 버스를 탔는데, 슬리퍼를 신은 할머니의 발을 보다가 나도 모르게 눈물이 줄줄 흘렀다. 무지외반증으로 틀어진 할머니의 발이 꼭 엄마 발처럼 보였다.

또한, 요리준비를 해놓고서는 뭘 하려는지 잊어버리거나, 어딜 가려다가 목적지를 까먹기도 하고 새벽에 갑자기 잠이 깨고 나서 멍하게 있는 등의 행동을 했다.

엄마는 어디로 가셨는지 어떤 일을 해서라도 붙잡고 싶은 《무릎 딱지》의 주인공 아이의 행동을 이해할 수 있다.

엄마는 말이야 여기에 있단다

"여기 쏙 들어간 데 있지? 엄마는 여기에 있어.
엄마는 절대로 여길 떠나질 않아."

–《무릎 딱지》 중에서

《무릎 딱지》에서 가장 여운이 남는 대사이다. 주인공 아이의 외할머니가 전해주는 이 말에 우리는 와르르 무너진다. 그리고 고맙다.

엄마를 붙잡고 싶어, 엄마를 잊지 않기 위해 고군분투한 나의 인생에서 이 말은 많은 걸 주었다.

《무릎 딱지》에 나오는 외할머니는 누구인가? 바로 딸을 잃은 엄마가 아닌가. 자식을 먼저 보내고 당신 자신도 추스를 수 없을 정도로 고통스럽고 슬플 텐데, 손주를 위해 삶의 지혜를 전해준다.

엄마는 가슴과 가슴 사이 움푹 파인 곳에 있으니, 절대로 다른 곳에 가지 않으니 힘들어하지 말라는 것. 나와 영원히 함께한다는 것. 그러니 괜찮다는 것.

이 책은 대부분 붉은색을 차지한다. 붉은색은 아이의 몸에 생긴 상처인 무릎 딱지를 나타낸다. 그리고 엄마를 잃은 사람이 겪는 고통과 충격의 색깔이기도 하다. 강렬하고 잊히지 않고 다른 것과 잘 섞여지지 않는 아픔 말이다. 그러면서도 상처가 언젠가는 새살이 되듯, 고통과 슬픔도 언젠가는 우리를 성장하게 하는 새살이 될 것이다.

당신과 이 책을 꼭 같이 읽고 싶어진다.

당신은 엄마를 잊지 않기 위해 사투를 벌였을 것이다.

자신과의 사투, 죄책감과의 사투, 고통과의 사투.

그래서 당신에겐 셀 수 없이 많은 붉은 딱지들이 존재할 것이다.

물론 그 딱지들은 눈에 보이지 않겠지만 아픔이 느껴질 것이다.

당신의 무릎 딱지를 어루만지고 새살이 돋을 수 있도록 매만져주고 싶다.

"괜찮다. 괜찮다. 괜찮다."

절대로 받고 싶지 않은 전화

누구나 한 번은 엄마와 이별한다

최해운 지음 | 이와우, 2018

그날이 왔다

결국, 그날이 왔다.

이제야 나는 어머니 손을 잡고 소소한 얘기를 나누며 눈빛을 들여다보고 어머니 노래에 손뼉 치고, 투박하고 촌스러운 표현에도 무뚝뚝하지 않게 다정하게 반응하고, 남겨주신 음식을 내놓은 궁상맞은 사랑에도 맛있다며 호들갑 떨 줄도 알게 되었는데, 이 시간이 좀 더 오래 주어지기를 간절히 바랐는데……. 시간은 빠르게 흘러갔고, 어머니와 소중한 경험은 하나하나가 마지막이 되어버렸으며, 결국 이별의 그 날이 오고야 말았다.

-《누구나 한 번은 엄마와 이별한다》 중에서

화요일과 목요일 아침마다 나는 요가수업을 받으러 간다. 정기검진에서 지방간 진단을 받고, 체중을 3kg 이상 빼라는 권고를 들었다. 쓰고 있는 글도 있고, 하고 있는 수업도 있어서 매일 아침 운동을 하는 것은 무리였다.

그렇게 주어진 '주 2회 운동이지만 열심히 하자!'며 아이들을 학교에 보내고서는 운동을 했다.

그날도 운동을 끝내고 탈의실에서 문자를 확인했다.

엄마 심정지 왔단다 얼마 못 버틸 거 같다.

은영아. 엄마가 가셨다.

작은언니와 작은오빠한테서 연이어 온 문자였다. 내가 한창 운동을 하던 9시 45분경에 온 것이었다.

샤워도 하지 않고 집으로 달렸다. 엄마의 마지막 날이 이렇게 나에게 온 것이다.

남편에게 전화를 걸어 상황을 알렸고, 시부모님께도 전화를 드렸다. 전화를 끊고 나니 맥이 풀렸다. 아파트 단지 안으로 들어오는데 갑자기 숨이 막혀왔다. 사물이 흐릿해지면서 머리가 깨질 듯 아팠다. 내장이 다 허물어지는 듯 사지가 찢어지는 듯 고통스러웠다. 한참동안 벤치에 앉아 심호흡했다.

"우리는 지금 장례식장에 왔다. 옷 치수 좀 알려도고."

작은언니였다. 장례식장 계약과 이동 같은 굵직한 일은 큰오빠가 하고, 작은언니는 형제들을 챙겼다. 나는 언니가 시킨 대로 광명에서 부산까지 KTX를 예매하고, 아이들 어린이집과 학교에 전화를 걸고, 이번 주에 있는 과외수업 학부모들에게 문자를 남겼다.

절대로 받고 싶지 않은 문자

스무 해 전, 벚꽃이 흩날리는 4월에도 절대로 받고 싶지 않은 전화를 받은 적이 있다. 그때는 삐삐로 연락을 하던 시절이었는데, 나는 대학교 졸업반이었다.

짝사랑하던 선배를 만나러 부산에서 광주까지 고속버스를 타고 갔다. 음력 2월 18일. 선배는 나의 고백을 부담스러워 했고, 친구까지 데리고 나와 같이 영화를 보고, 밥을 먹었다.

저녁이 되자, 나를 배웅해주기 위해 광주시외버스터미널에 도착했다. 공중전화에서 확인한 삐삐에 음성메시지가 와 있었다.

"은영아. 어디고? 아부지 돌아가싰다. 퍼뜩 온나."

작은오빠였다. 나는 충격 때문에 몸을 떨면서 그 자리에 주저앉았다. 선배는 사귀자는 말에 거절을 해서 내가 그러는 줄 알고 놀랐다고 했다.

"아버지가 돌아가셨대요. 오늘 점심때요. 저는 그것도 모르고 놀고 있었어요."

내가 눈물을 흘리자, 선배는 자신의 차에 타라고 했다. 광주에서 5시간 넘게 걸려 부산 해운대집에 도착했다. 선배는 아무 말도 없이 나를 바래다주고는 다시 광주로 차를 몰고 갔다.

96년도만 해도 장례식장보다는 집에서 치르는 장례가 많았는데, 우리 집에도 근조등이 켜져 있었다. 나는 친척들의 눈총을 받으며 아버지 영정 사진이 있는 작은 방으로 갔다. 영정 사진 뒤에는 아버지가 안치되어 있다고 했다.

어리둥절하고, 당황스럽고, 미안했다. 그리고 오래된 원망이 스멀스멀 기어올랐다.

2년 전 할머니가 돌아가셨을 때, 아버지가 나에게 말했다.

"니는 너거 엄마 살아 있제? 내는 이제 엄마가 없다."

나는 매몰차게 아버지에게 대꾸했다.

"아버지는 72살까지 엄마가 살아계셨잖아요? 나는요?"

평상시에 아버지에 대한 안쓰러움보다 50년이나 차이 나는 할아버지라는 생각이 더 컸던 나는 아버지와 그리 사이가 좋지 않았다. 그래서 이렇게 아버지의 죽음조차도 원망스러웠던 것 같다. (못나게도 말이다)

아버지의 장례식에서 '왜 나는 가까운 사람의 죽음에 냉정

하지 못한가'라는 말도 안 되는 담론에 휩싸였고, 아버지의 죽음이라는 '슬픔의 쓰나미'를 운 좋게 비껴갔다.

사실, 부모님의 죽음 뒤에는 장기 하나가 떨어져 나가는 고통의 쓰나미가 몰려온다. 길을 걷다가도 일을 하다가도 그 쓰나미가 몰려오면 주저앉고 만다. 나는 나의 궤변으로 '슬픔의 쓰나미'를 맞이하지 않았고, 아버지가 돌아가신 지 이십 년이 넘어서까지 그 슬픔을 조금씩 아껴먹게 된 것이다.(참 후회스럽다.)

인제 와서 고백하지만 나는 25세가 될 때까지 학생이었으며 철들지 못한 막둥이였다. 바보였던 거다.

엄마의 장례식은 그 '슬픔의 쓰나미'를 정면으로 부딪치고 맞이할 계획이다. 외면하거나 회피하지 않고 슬픔의 바다에 빠질 것이다. 비록 내가 그 속에서 허우적댈지라도. 격한 고통에 빠져서 힘들어할지라도.

내 몫의 슬픔을 감당할 것이다.

장례식장 가는 길

"한서병원 장례식장이요!"

기차에서 내려 택시를 탔다. 나의 아이들은 갑자기 부산에 오게 되어 들뜬 마음과 혹시 외할머니가 돌아가셨다고 거짓말을 해서 우리들을 여행 오게 한 게 아닌가 하는 엉뚱한 상상으로 종알종알거리고 있었다.

택시는 병원 뒤쪽에 있는 장례식장 간판 앞에 우리를 내려주었다. 모든 장례식장은 건물 뒤쪽이나 어두운 곳에 있고 게다가 지하에 있다. 밝은 곳에서 대면하기 힘든 것이 바로 죽음일 것이다.

장례식장 전광판에는 엄마의 이름과 우리 5남매의 이름과 사위, 며느리들과 아이들의 이름이 적혀 있었다.

'이곳에 오지 말았으면'

'이곳에 이름이 오르지 말았으면'

간절한 바람은 아무것도 이루어지지 않았다. 나는 큰언니의 안내로 직계가족들이 입는 검은 상복으로 갈아입었다. 이제 낯선 엄마를 대면할 시간이다.

슬픔의 쓰나미를 피하지 않을 것이다. 그 쓰나미가 나를 휩쓸어도 어쭙잖은 변명으로 도망치지 않을 것이다.

스무 해 전 어리석었던 그 실수를 다시는 하지 않을 것이다

"아버지, 저 좀 도와주세요. 어떡할지 모르겠어요.

아버지. 제발.

엄마 좀 살려주세요.

아버지. 제발."

내 입에선 주문 같은 말이, 이미 했던 말이 계속 중얼중얼 흘러나오고 있었다.

당신은 어떤 마음으로 마지막 장소로 어머니를 만나러 갔는가.

당신이 내뱉은 어리석은 주문의 말은

사실은 당신이 아직 나약하고, 덜 컸으며,

아직도 엄마가 필요한 상태라는 뜻이며,

당신이 내뱉은 반복된 주문의 말은

그럼에도 당신은 강인하고, 단단하며

지혜로운 사람이 되어간다는 뜻이기도 하다.

엄마는 당신을 성장시키는 마지막 미션을 수행하고 있는 건지도 모른다.

그 여자의 (3일)

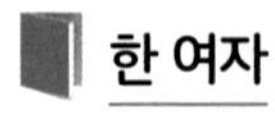

한 여자

아니 에르노 글 • 정혜용 옮김 | 열린책들, 2012

9월 26일

앞으로는 그녀의 목소리를 듣지 못할 것이다.
여자가 된 지금의 나와 아이였던 과거의 나를 이어줬던 것은 바로 어머니, 그녀의 말, 그녀의 손, 그녀의 몸짓, 그녀만의 웃는 방식, 걷는 방식이다.
나는 내가 태어난 세계와의 마지막 연결 고리를 잃어버렸다.

–《한 여자》 중에서

"어머니가 4월 7일 돌아가셨다."라는 문장으로 시작되는 아니 에르노의 소설은 소설인지 수필인지 헷갈린다. 그러면서도 독자들을 끌어당겨 책 읽기 이외에 아무것도 허락하지 않는다.

아니 에르노가 자신의 글을 "문학과 사회학, 그리고 역사 사이에 존재하는 그 무엇이리라"라며 정의했기에 그녀의 글을 읽으며 우리는 다양한 갈래를 넘나들게 된다.

우선 어머니를 "한 여자(une femme)"라고 칭한 자체가 엄마를 한 사람의 여성으로 보고 있다는 작가의 관점을 명징하게 드러낸다.

한 여자를 보내고 난 후 작가의 삶이 어떻게 진행되는지 우리는 그녀의 글을 따라가기만 하면 된다.

그 주 내내 아무 데서고 눈물을 흘리는 일이 벌어졌다. 잠에서 깨어나다가 어머니가 죽었다는 것을 기억해 내곤 했다.

생활에 필요한 일들 말고는 아무것도 하지 못했다. 장보기, 식사, 세탁기로 빨래 돌리기. 종종 어떤 순서로 그 일들을 해야 하는지 잊어버렸고, 채소 껍질을 벗기고 나서 그다음 동작을 연달아서 하지 못하고 가만히 있다가는 한참 애써 생각을 해보고 나서야 물에 씻었다.

–《한 여자》 중에서

어머니를 보내고 나서 나에게도 이런 일이 벌어지자 나는 그 자리에서 손을 놓고 주저앉을 수밖에 없었다. 어떻게 사람이 제정신으로 살 수 있는지 이해할 수 없었다. 엄마가 없는데 엄마도 없는데 살아진다는 게 믿을 수 없었다.

엄마의 부고 문자를 받고부터 정신이 빠져나가는 유체이탈의 상태가 되었던 것 같다. 짐을 싸고, 서울에서 부산까지 사흘 동안 머무를 짐을 싸는데도 넋이 나간 느낌이었다.

나의 어머니가 9월 26일 오전 9시 45분에 심정지로 돌아가셨다.

9월 27일

장례식장의 첫째 날은 가까운 친지들 위주로 문상을 온다. 문상객을 챙기고, 이야기를 나누면서 나는 종종 엄마가 돌아가셨다는 사실을 까먹곤 했다. 그냥 가족 모임이 있어서 온 것처럼 마지막으로 만나고 난 뒤 이야기를 풀어놓았다.

"이모가 쪼매 무뚝뚝하지만, 우리 엄마를 잘 챙겨 줬데이."

"아지매가 돌아가신 걸 엄마한테 말을 못 하겠다. 충격 받으실까 봐. 우짜노."

이렇게 모든 이야기의 주인공이자 발화점인 엄마는 어제 염을 끝내고 안치실에 누워계시고, 꽃으로 장식된 액자 뒤에는 아무도 계시지 않는다. (예전에 아버지가 돌아가셨을 때는 집에서 장례식을 치렀기 때문에 거기에 누워계셨다.)

둘째 날은 입관식이 있다. 어머니의 모습을 마지막으로 보고 작별인사를 한다. 나뭇잎 모양으로 하나씩 하나씩 덮인 삼배 천 조각은 엄마의 얼굴까지 감싼다. 그리고 엄마는 좁은 곳에서 영원히 주무시게 된다.

'결혼식은 부모님 손님, 장례식은 자식 손님'이라는 말처럼 지인들의 문상이 대부분이다. 퇴근 시간부터 밀려들어오는 고마운 물결은 깊은 밤까지도 계속된다. 친구 중에서 장모님이 여태 생존해계시던 유일한 사람이었던 큰 형부(홍춘열 69세)는 새벽까지 슬픔을 달래주는 고스톱으로 몸이 많이 피곤해 보였다. 엄마의 첫 증손주(정세율 4세)도 고단하긴 마찬가지였다.(어른도 힘든 강행군이다.)

"엄마가 내 나이에 혼자 되셨네. 66살에. 남편도 없이."

문상객들이 모두 빠져나간 장례식장은 고요했고 큰언니의 한숨이 적막한 공간을 흔들어놓았다.

그 여자는 66세부터 86세까지 혼자서 스무 해 동안 얼마나 적적했을까.

이제 안치실에 누워 기쁘실까. 아쉬우실까.

9월 28일

아직 9월인데도 새벽공기는 차갑게 장례식장을 파고든다.

4시가 되자, 큰오빠가 잠이 든 우리를 깨웠다. 일어나 영정 앞으로 가서 고별 음식을 드린다. 이승에서의 따뜻한 밥과 국을 드시는 마지막 식사이다.

밤새 조문객들이 남긴 봉투를 정산하고 장례비를 정산한다. 그다음은 장례지도사를 따라 어제 입관한 엄마를 모시고 지상으로 올라간다. 미리 기다리고 있는 으리으리한 리무진이 어색하다. 엄마를 모시고 두 상주도 같이 탄다.

'근조'라고 커다랗게 써놓은 장례식장 버스에 자리를 잡고 앉지만 모두들 낯설고 두렵다.

새벽공기를 가르며 한참을 달려 도착한 곳은 부산시 영락공원이다. 이미 새벽 일찍부터 도착한 버스들이 곳곳에 주차해 있고, 산 전체가 연기로 희뿌연하다.

엄마는 리무진에서 내리자마자 화장동으로 움직이며 커다란 괴물의 입속으로 가셨다. 엄마를 따르는 자식들의 울음소리가 메아리가 되어도 아무런 미동도 없으시다.

지친 우리는 전광판으로나마 엄마를 만날 수 있는 화장동 의자에 앉는다. 1시간 30분 동안 화면 속의 엄마는 전소된다. 그걸 보는 나도 소멸된다.

"엄마가 나에게 시간을 주셨어. 혼자 살아갈 준비를 할 수 있는 시간."

작은오빠의 넋두리에 나는 그의 손을 한 번 잡아준다. 따뜻하다.

이제 엄마는 작아지고 작아져 항아리만 해진다. 엄마를 모시고 해운대 정관 추모공원으로 간다. 엄마는 도착한 순서대로 〈벽식봉안담 마 구역 007담 67호〉라는 작은 보금자리를 분양받는다.

엄마를 등지고 바라본 백운산 풍광이 아름답다. 막힌 곳 없이 산으로 둘러싸인 공기 좋은 곳이라 다행이다.

엄마에게 절을 하고, 모두들 산 중턱에 앉는다. 한참을 멍하게 있다가 해가 머리 위에 뜬 걸 보고는 영구차에 오른다. 장례식장으로 돌아와 상복을 반납하고 근처 식당에서 밥을 먹는다. 그다음은 각자 차를 이용해 엄마 집으로 다시 모인다.

장례식에서 남은 음식과 술로 엄마 생신날처럼 모두 모여 이야기를 한다. 엄마 집인데도 엄마가 없는 사실이 믿기지 않아 모두 불콰하게 술에 취한다. 밤이 되어 예약해둔 기차를 타러 기차역으로 출발한다. 발이 떨어지질 않는다.

엄마와 함께한 나의 마지막 3일이 이렇게 화살보다 빠르게 흘러간다. 엄마를 한 번만 볼 수 있다면. 엄마와 이야기를 할 수 있다면. 악마에게 영혼을 걸고 싶지만 지금 내가 할 수 있는 일은 아무것도 없다.

어두운 차창에 비친 엄마를 닮은 한 여자를 물끄러미 바라본다.

그녀의 눈에서 또르르 밤이슬이 떨어진다.

당신은 엄마를 보내고 집으로 어떻게 돌아왔는가.

발걸음이 떨어지지 않고 멍하니 아무것도 손에 잡히지 않았을 것이다.

운전은 제대로 했는지, 길은 제대로 찾았는지

뭐든 혼란스러웠을 것이다.

하지만 당신은 무사히 집에 도착했을 것이다.

당신의 엄마가 이젠 당신의 수호천사가 되어 당신의 머리털 하나 손끝 하나 다치지 않게 지켜줄 것이기 때문이다.

내가 꿈꾸는 엄마 장례식

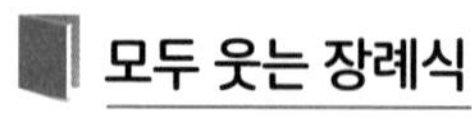

모두 웃는 장례식

홍민정 글 • 오윤화 그림 | 별숲, 2021

슬프지만 아름다운

그런데 이번엔 정말 너무 늦은 것 같아.
내가 엄마를 얼마나 사랑하는지 엄마가
나한테 얼마나 소중한 사람인지 너무 늦게 알았어.
엄마, 나 어떡하지?

-《모두 웃는 장례식》 중에서

이 책은 엄마를 보내고 나서 삼 년 정도 시간이 지난 뒤 읽었다.

그래서 그런지 장례식 장면보다는 이춘미 할머니가 유방암 말기 선고를 받을 때부터 마음 한구석이 아려오기 시작했다. 할머니의 몸은 서 있기도 힘들어지고, 고통 속에 숨쉬기도 힘들어질 것이다. 기억이 있을 때 못 다한 일들을 마무리하고 싶은 할머니의 마음이 공감되었다.

사실, 생각해보면 할머니의 마지막도 남은 가족들에겐 하나의 추억이다.

이춘미 할머니는 미국에 있는 큰아들과 강남에 사는 셋째아들 가족과 근처에 사는 딸과 손주들을 모두 모으는 구심점 역할을 한다. 이 모든 가족 구성원들은 이춘미 할머니라는 존재가 없었다면 탄생하지 못했을 존재라는 걸 입증해준다.

슬프고, 마음 아프고, 죄책감에 시달리는 장례식이 아니라, 웃으면서 고마움을 표하고, 사랑한다고 말할 수 있는 잔치를 하고 싶은 것이리라.

할머니를 기억하며 손수 한복을 지어온 옛날 지인과 일요일이라는 대목을 포기하고 할머니가 보고 싶어 달려온 순댓

집 부부. 이 모든 사람도 이춘미 할머니라는 씨앗이 뿌린 커다란 나무들이 아니었을까 싶다.

이 장례식은 이춘미 할머니를 닮은 사람들이 할머니와 함께 웃으며 쌓은 또 하나의 추억이었다. 할머니는 이런 선물을 주고 가고 싶었나 보다.

감사패를 드립니다

《모두 웃는 장례식》의 마지막 묘미는 6학년 윤서가 할머니에게 감사패를 드리는 장면이다. 8월의 실록이 푸르른 마당에서 모두들 글썽이는 눈물을 몰래몰래 닦으면서 웃고 있다. 오늘의 주인공인 할머니는 단아하고 고운 한복을 입고 앉아 있다. "할머니!"라고 부르기만 해도 눈물이 주르르 흐를 것이다.

윤서는 "할머니가 저의 할머니여서 행복했어요."라고 고백한다. 세상이 흐려지는 순간이다.

장례식 날 저녁에 할머니는 가족사진 대신에 감사패를 놔두라고 부탁한다. 평생의 노고에 대한 감사한 마음을 담은 감사패. 그 감사패가 고마우셨던 것 같다.

나는 엄마의 인생에 어떤 감사패를 올렸던가.

엄마는 돈이 있으면서도 척척 쓰지 않았고, 자식들에게 함부로 돈을 주지 않았다. 내가 매달 보내는 용돈도 절대로 쓰지 않았고, 항상 검소하게 사셨다. 엄마가 돈을 쓰는 일도 어쩌다 한 번 있었는데, 나를 데리고 해운대시장을 가거나 할 때는 꼭 비빔밥을 사주셨다.

엄마는 항상 "이제 내가 여길 몇 번 올랑가 모를따. 마이 무라."
라고 말했는데, 나는 항상 이 비빔밥이 마지막이 아니기를 하면서 이상하게 짠했던 느낌을 잊을 수 없다.

엄마의 지갑은 금은방에서 주는 사은품 지갑이었는데, 거기에는 꼬깃꼬깃 접은 지폐가 항상 있었다. 큰돈은 없었다. 내가 보내는 용돈으로 다리 아프면 택시도 타고, 맛있는 거 보이면 사 먹기도 하라고 했지만, 항상 엄마는 괜찮다고 하셨다.

엄마가 쓰러지기 일 년 전 아이들 여름방학 때 엄마 집에 머물렀을 때, 엄마는 나에게 통장을 주셨다. 나도 모르는 내 도장으로 만든 통장이었다. 내가 드린 용돈을 쓰지 않고, 그

걸 적금통장으로 만든 거였다. 300만 원 정도 되는 돈이었지만 내 얼굴은 뜨거워졌다. 엄마는 끝끝내 내 손에 쥐여 주었다. 나는 그 통장이 마지막 적금통장이라고는 꿈에도 생각하지 못했다.

엄마에게 감사패를 드린다면 나는 거기에 무슨 말을 넣을까.

<감사패>

이상구 여사

귀하는 평생 스쿠루지이자 짠순이로 사셨지만
마음은 백만장자이자 재벌이었음을 이제야 밝힙니다.
엄마의 딸이어서 감사했습니다.

초등학교도 졸업하지 못했기에
공부하라는 말 한마디 안 하셨고,
전공 이거 해라. 이거 좋다더라 말 한마디 안 하셨고

그 결과 자녀가 하고 싶은 것을 스스로 고민하면서 찾게 했습니다.

가난했기에
과소비하지 않고, 명품 하나 안 쓰셨고,
이거 사라. 이거 좋다더라 말 한마디 안 하셨고,
그 결과 자녀는 자기 자신이 명품인 줄 알고 스스로 소중하게 살게 했습니다.

감사할 일은 아직 많이 남아 있다

엄마를 보내고 생각해보니, 엄마한테 감사할 일이 아직 많이 남아 있다는 걸 느끼게 된다.

내가 마트나 홈쇼핑에 열중하는 것은 할인충이 아니라 절약 정신이 투철한 것으로, 비싼 것에 손을 잘 못 대는 이유는 검소하기 때문이라고 쳐두기로 한다.

내가 이쁘고 귀여운 옷을 좋아하는 것은 어린 시절, 남자아이 옷만 입었던 암울한 과거 때문이 아니라, 본래 대생적으로 귀엽게 생긴 내 얼굴 때문이라고 퉁 치고 싶다.

엄마를 생각하니 자꾸 웃긴 일들과 감사한 일들과 짠한 일들이 동시에 떠오른다. 이 지구상에 어느 누가 나에게 이런 추억을 선물할 수 있을까. 엄마 말고서는 아무도 없었던 것 같다.

내 DNA의 절반을 장악한 사람이 바로 엄마이므로. 나는 그녀에게 감사하다.

장례식을 안 할 수 없다면 장례식 전에 나도 이춘미 할머니의 가족 같은 시간을 가졌으면 좋았을 것 같다. 엄마를 기억하는 지인들을 불러모아 따뜻한 밥 한 끼 대접하는 일. 그리고 함께 추억을 나누는 일.

엄마와 함께 골목길을 누볐던 아주머니들을 다시 만나 이야기를 나누는 엄마를 상상해본다.

틀니가 다 보이도록 활짝 웃는 할머니가 보이는 듯하고,

온 동네가 떠나가도록 웃는 웃음소리가 들리는 듯하다.

당신은 엄마에게 어떤 감사를 표하고 싶은가.

당신의 뛰어난 패션 감각, 남다른 유머 감각.

타의 추종을 불허하는 말솜씨와 센스.

오늘의 당신을 만든 씨앗은 바로 당신의 어머니였음을.

나는 그 사실이 진실이라고 믿는다.

웃는 당신의 얼굴에 감사하다.

아주 오래된 질문과 대답

죽음이 삶에 답하다

KBS 스페셜 | KBS 제작, 2018

앰뷸런스 소원재단

하고 싶은 게 있으면 지금 하시길 바랍니다.
나중으로 미루지 마시고, 지금이 바로 그때입니다.
-키스 벨드모어, '앰뷸런스 소원재단' 설립자

말기 암 환자인 부키 씨는 호스피스 병동 대신 집에서 마지막을 보내기로 한다. 오랜 항암치료를 알려주는 듯 머리에는 비니를 쓴 채 수척해진 모습이다. 성인이 된 큰아들은 엄마를 위한 마지막 선물로 '앰뷸런스 소원재단'에 소원을 신청한다.

바로 "바다를 보는 것!"

"바다를 보면 삶의 모든 근심 걱정을 날릴 수 있죠."

부키 씨를 태우고 앰뷸런스가 출동하고, 그녀를 만나러 지인들이 바다로 모여든다. 차가운 바닷바람을 가로지르며 〈로키〉 음악이 들리자, 부키 씨는 라운드에 출전하는 권투선수처럼 주먹을 휘두른다. 그 모습을 보고 웃음이 난다.

루키의 도전은 지인들에게 감동을 심어준다. 한 명 한 명과 볼 뽀뽀를 하며 하고 싶은 말을 건네고, 인사를 한다.

네덜란드의 '앰뷸런스 소원재단'은 무료로 임종을 앞둔 사람들의 소원을 들어준다. 재단을 설립한 벨드모어 씨는 병원 앰뷸런스 기사 출신으로 우연히 말기 암 환자의 소원을 들어주면서 이 일을 시작했다고 한다. 재단은 전액 기부금으로 운영되며 1년 동안 사람들이 기부한 돈은 10억이 된다고 한다.

"삶이 아무리 간절해도 죽음을 거스를 순 없어요. 하지만 죽음이 있어서 삶은 더 소중한 거죠."

임종을 앞둔 인생 선배들의 말에 고개가 숙여진다.

죽음은 왜 태어난 거야?

왜 우리의 삶에 죽음이 있는 걸까? 엄마는 왜 나의 곁을 떠나야 했을까?

도대체 엄마는 어디로 가셨기에 내 앞에 나타나지 않는 것일까?

엄마를 잃고 나서 나는 한동안 새벽 탈출을 할 수밖에 없었다. 새벽 3시에 또렷하게 잠이 깨고 난 뒤, 멍하게 있는 거다. 아무리 나의 의지대로 잠을 자려고 이불을 뒤집어쓰거나 눈을 질끈 감아도 소용이 없다. 이 일은 내게 불가항력적인 거였다.

엄마라면 앰뷸런스 소원재단에 무슨 소원을 들어달라고 했을까?

사람들은 "식물원을 산책하고 싶어요.", "딸의 결혼식에 참석하고 싶어요.", "남편과 길거리에서 아이스크림을 먹고 싶어요." 같은 사소한 것을 말했다고 한다. 엄마의 사소한 소원은 무엇일지 진즉에 물어보지 못한 게 아쉽다.

사물은 각자 태어난 이유가 있다고 한다. 비는 내려서 이 세상을 깨끗하게 하려고, 바다는 지구의 온도를 맞추고 생명을 살리기 위해 등 말이다. 하물며 강아지똥도 민들레꽃을 피우는 데 도움이 되기 위해라고 그림책에 나온다.

그렇다면 죽음은 왜 태어난 것일까?
엄마가 돌아가신 것은 왜일까?
이다음에 내가 죽으면 나의 아이들은 어떻게 될까?
아주 오래된 질문이 계속 내 안에서 일어났다.

엄마가 가르쳐준 답

《커다란 질문》의 볼프 에를부르흐 작가는 대답해준다.
"죽음, 너는 삶을 사랑하기 위해 태어난 거야."
마음속에 물수제비처럼 무언가가 통통 튕기어 나오는 느낌이다.
어쩌면 나도 잊고 있었을 뿐이다. 아버지가 돌아가셨을 때는 원망의 질문을 퍼부었고, 이제 엄마를 잃고 나서는 폭삭 늙어버린 것 같이 고통스럽고 힘들다.

엄마가 나에게 대답해준 것은 삶의 소중함이었다. 그랬다.

죽음은 감사함의 다른 말이었다. 내일 죽을지도 모르는데, 다음 달에 죽을지도 모르는데 생을 허투루 보낼 수는 없다. 죽음은 모른 척해야 할 어두운 것이 아니라 매번 알고 있어야 할 일이다. 우리에게 필요한 건 죽음에 관한 이야기를 금기시할 게 아니라 죽음에 대해 숨기지 않고 이야기할 수 있는 이해와 포용이다.

엄마는 나에게 86세 할머니가 되어 그런 가르침을 준 것이다. 이제야 알 것 같다. 엄마가 만약 '앰뷸런스 소원재단'에 마지막 소원을 신청했다면 그것은 자식들이랑 오순도순 모여서 밥을 먹는 것이나 엄마 집에 모여 TV를 보는 것 같은 작고 소소한 소원이었음을.

엄마는 작고 소소한 것 하나하나가 보석같이 소중하다는 것을 알려주었다.

당신 어머니의 마지막 소원은 무엇이었을까.

당신의 손을 잡고 산책하는 일이거나 손주들의 발표회에 가보는 일,

혹은 당신의 얼굴을 마주 보고 차 한 잔을 마시는 것.

세상에서 가장 소소하지만 가장 소중한 일이었을 것이다.

당신의 어머니는 당신에게 인생의 지혜를 가르치는 멘토였음을 이제야 깨닫는다.

chapter 4

엄마의 겨울

이별이 가슴속에 남긴 특별한 선물

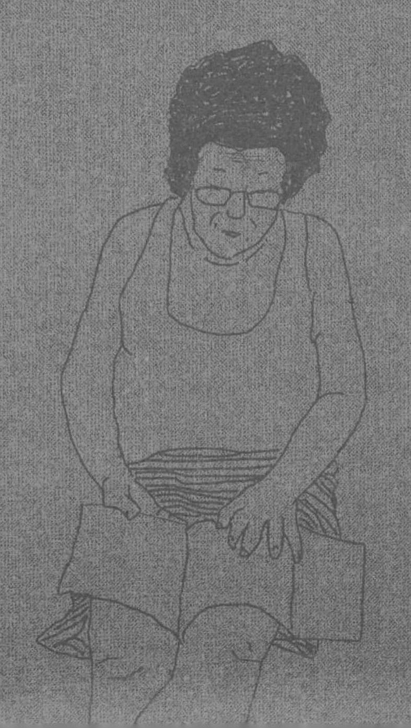

엄마의 물건들

아기 곰과 안경

곤노 히토미 글 • 다카스 가즈미 그림 | 크레용하우스, 2013

아기 곰에게 남은 안경

아기 곰의 안경은 원래 사랑하는 할머니 것이었어요.
할머니는 아기 곰을 남겨 두고 천국으로 갔어요.
그 뒤 아기 곰은 쭉 할머니의 안경을 쓰고 지냈어요

사실 아기 곰은 할머니가 세상을 떠난 뒤 슬픔에 잠겼어요.
'할머니가 없는 세상은 이제 보고 싶지 않아.'

하지만 할머니의 안경을 쓰고 희뿌연 세상에 살게 되자
더 이상 슬프지 않았어요.

-《아기 곰과 안경》 중에서

누군가가 떠난 자리는 무엇으로 채워지는가.

할머니와 단둘이 살면서 할머니가 세상의 전부였던 아기 곰은 할머니가 돌아가시자 세상의 한 부분이 아니라 세상의 전부를 잃게 된다. 밝고 선명한 숲속 세상은 아기 곰에겐 부담스러운 세계일 뿐이다.

한 존재의 부재가 남긴 자국은 얼마만 한 크기일까.

아기 곰은 자신의 눈에 맞지 않았지만, 할머니가 남긴 유일한 물건인 안경으로 세상을 희미하게 보게 된다. 할머니가 없는 세상은 더 보고 싶지 않았기 때문이다.

먹기도 쉽지 않았고, 생활도 쉽지 않았던 아기 곰은 쓰러지게 된다. 자신도 할머니가 계신 하늘나라로 가려는가 보다 하고 정신을 잃으면서도 안도하는 아기 곰이다.

이런 아기 곰을 살리는 것은 주변의 지인이었던 토끼!

토끼의 요리하는 뒷모습이 정신이 혼미했던 아기 곰에겐

천상의 존재로 보인다.

토끼의 길고 하양 귀가 천사의 날개로 보이는 장면에서는 아기 곰이 안쓰러워 보였다. 아기 곰을 살린 것은 가까이 있는 존재였다. 그리고 할머니를 마음속에 잘 간직하고 잘 살 수 있도록 도와주는 것도 가까이 있는 이들의 도움이었다.

아기 곰은 더 이상 할머니의 안경을 쓰지 않는다.

이미 떠나간 자의 시선이 아니라 자신의 시선으로 사물을 다시 보게 된다. 있는 그대로의 선명하고 청명한 숲을 대면하고, 환상 속에서 희미하게 상상하는 게 아니라 있는 그대로 주변 지인을 만나게 된다.

내 주변에 남은 물건

내 친구 H는 이십대 초반에 어머니를 잃었다. 그녀는 이십대 후반에 결혼을 하면서 친정집에 있는 엄마의 물건과 사진들을 정성스레 챙겨서 신혼집에 가져갔다. 평생 막걸리장사를 하시면서 힘들게 지내다 백혈병으로 갑자기 돌아가신 엄마셨다. 오빠들을 애지중지하고 찬밥신세였던 내 친구. 처음엔 엄마가 생각날 때 물건과 사진을 꺼내보았지만 도리어 엄마를 보내지 못하고 더 힘들어졌다고 한다. 십 년 뒤에 H는 엄마의 모든 물건들을 불태우고 나서 마음이 가벼워졌다고 한다.

어떤 물건은 그 사람을 복기하기도 하지만 어떤 물건은 힘들게도 한다.

엄마가 쓰러진 이후에도 엄마 집에 가면 옷장에서 엄마 옷을 꺼내 입고 잤다. 이상하게 그래야 잠을 잘 잤다. 여름엔 엄마 속바지 안에 있는 돈주머니에 손을 넣어보기도 했다. 지갑 없이 속바지에 지폐를 넣고, 필요할 때는 꺼내주던 사람. 예전에 나는 뭐하는지 몰라 어디에 손을 넣냐고 기겁을 하기도 했는데, 엄마는 웃는 얼굴로 내 손에는 돈을 쥐어주었다.

엄마가 쓰던 경대에는 유통기한이 지난 동동구리무가 떡하니 있었다. 새 화장품을 사줘도 항상 다 바르지 못하고 유통기한을 넘겼다. 썬크림도 파운데이션도 잘 바르지 않았던 엄마. 하지만 엄마는 빗에 물을 묻혀서 꼭 머리를 빗었다. 뽀글뽀글한 파마머리가 더 뽀글뽀글해보였다. 귀여웠다. 엄마의 가오는 귀여움이었다. 엄마가 빗던 빗은 지금도 거실 큰 거울 위에 떡하니 걸려 있다. 엄마 집에 둥지를 튼 작은오빠가 그대로 쓰고 있다.

엄마가 남긴 장롱은 아직 그대로 있다. 엄마가 쓰던 안방은 이제 새로 신혼살림을 차린 작은오빠의 스위트룸에 자리하고 있다.

엄마가 돌아가신 지 일 년이 될쯤 작은오빠는 베트남 부인을 둔 친구의 소개로 베트남 여성을 소개받고 결혼에 골인했다. 우리 조카 영웅이는 이제 다문화 가정의 아이가 된 것이다. 베트남 올케언니는 자신보다 나이 많은 사람은 촌수 여하를 막론하고 남자는 "오빠", 여자는 "언니"라고 부른다. 그래서 손아래 사람인 나에게도 언니라고 부르고 매제에게도 오빠라고 부른다. 귀엽다.

"엔띠항, 한국말 어려워요? 쉬워요?"

"시어머니, 없어서 한국말 어려워요."

올케의 서투른 한국말에서 또 엄마를 생각한다. 그래, 항상 한국 남자랑 결혼하는 베트남 며느리들에겐 시어머니가 꼭 있었지. 하하.

엄마가 남긴 물건들 중, 실종된 것도 있다. 동동구리무를 놔두던 경대와 엄마 속바지와 삼베저고리를 놔두던 나비장이다. 신접살림을 차리면서 더블침대가 안방으로 들어오면서 정리해고된 것이다.

"나한테 말이나 하고 버리지. 내가 다 가져갔을 텐데."

나는 엄마 물건 하나 챙겨오지 않아서 허전하고 서운했다. 뭐라도 만지고 잡을 수 있는 물건. 그것도 커다란 물건이었으면 했는데 말이다. 그 생각만 하면 속이 쓰리다.

내 친구는 떠난 사람과 함께 물건도 떠나보내야 한다고 했다. 그래야 더 잘 보낼 수 있다고 말이다. 하지만 나는 나의 안방에 떡하니 나비장을 놔두고 싶다.

우리 집 가족사진 옆에 떡하니 나의 원가족 사진이 걸려 있듯 말이다. 아버지의 마지막 생신 날 부랴부랴 한복을 입고 사진관에서 찍은 최초의 가족사진이었는데, 딱 하나 밖에 없어서 아빠가 돌아가시자마자 내가 챙겨온 것이었다. 나는 아직 엄마의 물건을 버릴 수 없다. 여전히 엄마의 뭔가로 잡고 싶은 심정이다.

“엄마. 꿈속에라도 나타나서 내 손 좀 잡아줘.
나를 좀 잡아줘. 엄마.“

아기 곰은 할머니 안경을 어떻게 했나

다시 《아기 곰과 안경》으로 돌아가자.

아기 곰은 어느 날 길을 걷다가 할머니의 안경을 실수로 깨먹는다. 그리고서는 자신의 도수에 맞지 않은 안경으로 본 세상 대신에 자신의 눈에 맞는 선명한 세상을 만나게 된다. 초록색 숲과 파란 하늘 그리고 오랜 시간 동안 자신을 지켜보던 따스한 눈빛을 가진 하얀 귀. 아기 곰은 할머니의 안경이 깨져서 울었지만 할머니가 남긴 물건 대신에 자신의 주변에서 자신을 사랑해주는 존재를 만나게 된다.

아픔을 가진 한 존재가 다른 존재로 진화하는 데는 보냄과

비움이 필요한 것이다. 보내고 비워야 다른 존재들이 들어올 자리가 생기기 때문이다. 엄마라는 존재는 우리의 곁을 떠나갔지만 우리는 남겨진 존재들을 새로운 시선으로 마주하게 된다. 여전히 나를 지켜주고 걱정해주는 사람들. 그 사람들 덕에 터널을 통과해 빛을 마주할 수 있게 된다.

아기 곰이 할머니의 시선으로 세상 보기를 대신해 자신의 시야를 되찾은 것처럼, 우리도 엄마의 부재라는 시선을 확장하여 나만의 스펙트럼으로 세상을 더 깊고 넓게 볼 수 있게 될 것이다.

당신은 아직도 간직하고 있는 엄마의 물건이 있는가?

구체적인 그 물건은 엄마에 대한 기억을 구체적으로 만들어 줄 것이고, 추상적인 그 물건은 엄마에 대한 추억을 더욱 웅숭깊이 해 줄 것이다.

그리고 생각해보면

엄마가 남긴 것 중 가장 귀하고 값진 것은

바로 당신이다.

엄마의 이별 선물

오소리의 이별 선물

수잔 발리 글·그림 • 신형건 옮김 | 보물창고, 2009

누구에게나 다가오는 일

다음 날, 오소리네 집 앞에는 친구들이 걱정스러운 얼굴로 모여 있었어요. 여우는 오소리가 죽었다는 슬픈 소식을 전하고는 오소리의 편지를 읽어 주었어요. 편지는 짤막했어요.

"긴 터널을 달려가고 있어. 모두들 안녕. 오소리가."

모두들 오소리를 사랑했기 때문에 몹시 슬퍼했어요. 그 중에서도 두더지가 가장 큰 슬픔과 외로움을 느꼈지요.

-《오소리의 이별 선물》 중에서

2005년 유난히 추웠던 겨울.

엄마는 부산시 북구 화명동 사거리에서 쓰러진 채 발견된다. 이모 집에 마실 나갔다가 119에 실려 응급실로 간 엄마는 난생처음 오랫동안 병원 신세를 진다. 바로 혈압으로 인한 쇼크였다. 그때부터 엄마는 고혈압과 당뇨라는 절대로 같이 지내고 싶지 않은 두 친구와 절친이 된다.

《오소리의 이별 선물》에 나오는 오소리는 자신의 병을 이미 알고 있었다. 바로 '시간'이라는 오랜 친구였다. 시간은 함께하면 할수록 오소리를 다른 곳으로 데리고 갈 준비를 하기 때문이다.

오소리는 자신의 죽음으로 인한 두려움보다는 남겨질 친구들의 걱정이 더 크다. 상실로 인한 아픔을 겪게 될 남겨진 지인들. 그 동물들이 하나하나 마음이 쓰인 것이다.

드디어, 절대로 오지 말았으면 하지만, 오고야 마는 그 순간이 오소리의 지인에게도 들이닥친다. 지인들은 오소리가 없는 지금, 도대체 무엇을 해야 할지 알 수 없었다. 지인들은 슬픔에 침잠하게 되는데, 그 슬픔은 생각과 행동을 마비시킨다. 가끔씩 멍 때리거나 하던 일을 까먹기도 한다. 그러다 지인들은 한데 모여 오소리를 추억해본다.

특별한 인터뷰

엄마가 돌아가신 뒤에도 그랬다. 계절이 바뀔 때마다 이제 더 이상 경이롭지도 신비롭지도 않았다.

지금, 도대체 무엇을 해야 할지 알 수 없었기에 허둥대거나, 빼먹는 일이 허다했다. 엄마를 기억하는 사람들을 만나 엄마를 추억해보니, 뭔가 모르게 슬슬 군불이 지펴지는 느낌이 들었다. 형제들끼리 만나면 저절로 엄마 이야기를 하게 됐는데 신기하게도 엄마 이야기를 못 한 사람이 있었다.

남편이었다. 부모님이 모두 생존해 계시고, 장남이라는 특수성 때문에 가까운 친지분들이 모두 살아계신 그에게 물어보고 싶었다. '장모님'의 죽음은 어떤 의미였는지.

Q: 자기소개를 부탁드려요

A: 이상구 님의 막내 사위 박준범이고요, 큰 처형님(51년생)과 우리 엄마(48년생)의 나이 차는 3년으로, 장모님이라기보다는 할머니에 가깝네요.

Q: '장모님' 하면 떠오르는 것은요

A: '재첩국'이요. 부산에 갈 때마다 직접 잡아서 조리해주시진 않았지만, 해운대시장에서 직접 사 오셨어요. 참조기구이도 생각나요. 돋보기를 끼시고 생선 살을 발라주시며 맛있는 부분을 제게 주셨죠. 또, '홍삼'이요. 냉장실에서 하나씩 꺼내주셨지요.

그러고 보니, 장모님 하면 떠오르는 게 대부분 맛있는 음식이네요. 하하.

Q: 장모님께 바라는 점은 없었는지.

A: 워낙 연세가 있으셔서 바라기도 힘들었어요. 다른 친구들처럼 장모님 사랑을 받고 싶었지요. 아이들도 봐주고, 장모님 집에서 쉬다 오고 싶은데 그러질 못 해봤네요.

Q: 장모님께 감사한 점은 어떤 건지요.

A: 갑자기 돌아가시게 돼 많이 놀랐어요. 얼떨떨하고요. 아쉬워요. 장례식 내내 멍하고 정신이 하나도 없었어요. 가까운 가족의 첫 죽음이었습니다. 나중에 나의 부모님도 이렇게 가실 수 있구나 하는 생각이 들었어요. 죽음에 대해 알려주고 생각해보게 해주었던 것 같아요.

엄마의 이별 선물

막내 사위에게 장모님의 선물은 차려준 음식으로 기억되었다. 그러고 보니, 엄마가 자주 만들어주시던 '참조기구이'가 먹고 싶어진다. 엄마는 살이 통통하게 오른 녀석을 별로 다듬지도 않고 구이를 하셨고, 먹을 때마다 조기 녀석은 보기 싫은 내장을 들어내곤 했다.

오소리의 지인들은 오소리의 이별 선물을 만들기와 몸으로 기억한다.

두더지는 앞발이 모두 연결된 두더지 모양의 사슬 오리기, 얼음 위에서 첫발도 못 떼던 개구리에겐 스케이트를 혼자서 탈 수 있을 정도로 자신감을 주었으며, 여우에겐 넥타이 매는 법 교습, 요리 초보 토끼 부이에겐 생강빵 만드는 방법까지.

지인들은 할 수 있는 일들 모두 오소리가 남긴 이별 선물이었음을 감사한다.

'엄마' 하면 떠오르는 가자미조림.

또 있다. 추운 겨울에 수돗물에 한 번 씻어서 고추장에 찍어 먹으면 바다 맛 제대로. 물미역!

먹을 게 없으면 창고에서 꺼내와 과자 대신 그냥 씹어 먹었던 미역귀. 반찬이 떨어질 때쯤, 젓갈과 다시마와 무채를 버무려서 밥과 같이 먹었던 파래무침도 있다.

손님 접대 요리에는 약했지만, 바다에서 나오는 해산물은 엄마같이 요리를 잘 못하는 주부에게 최적화된 요리재료였다.

그러고 보니, 내가 해산물 요리를 좋아하는 것도 엄마가 남긴 이별 선물이었구나.

당신은 '엄마' 하면 어떤 음식이 떠오르는가.

어떤 냄새가 당신을 사로잡는가.

당신은 엄마가 해주셨던 맛있는 음식을 소리내어 불러보라.

그때의 분위기. 같이 먹었던 사람들. 웃음소리.

그 음식은 당신의 텅 빈 마음속까지 든든하게 채워 줄 것이다. 당신은 이제 영원히 허하지 않고 든든해질 것이다. 당신의 표정이 따뜻해진다.

당신 어머니의 미소가 떠오른다.

엄마와 내가 병실에서 기다린 것

엄마가 돌아가셨을 때 그 유골을 먹고 싶었다

마야가와 사토시 만화 | 흐름출판, 2020

유골은 아니라도 기억은 먹고 싶어

부모의 죽음에는 자식의 인생을 움직일 정도로 엄청난 힘이 있어.
슬프다, 슬프다 하면서 울다가
정신 차려보면 어느새 새로운 일들이 시작되고
또 흘러가고 있을 거야.

-《어머니가 돌아가셨을 때, 그 유골을 먹고 싶었다》 중에서

일본 책들은 이렇게 제목이 자극적이다.

《너의 췌장을 먹고 싶어》를 읽어봤거나 영화를 본 적이 있다면 이 자극적인 제목이 얼마나 절실한 제목인지 알 거다. 사실은 일본 미신인가 뭔가에 이런 게 있는데 "자신의 아픈 부위와 같은 곳인 동물의 부위를 먹으면 병이 깨끗이 사라진다는 것"과 "떠난 사람의 유골 일부를 먹으면 떠난 이의 영혼이 먹은 사람의 몸속에서 영원히 살게 된다."라는 거란다.

떠난 이를 그만큼 간절하게 기억하고 싶다는 뜻이리라.

우리의 장례문화와 일본의 장례문화는 다르다.

우리는 부모님이 돌아가시면 안치실에 고이 모시고, 입관식이라고 해서 일 촌들만 고인의 마지막 얼굴을 뵙고 보낸다. 하지만 일본은 고별식이라고 해서 고인의 얼굴을 장례식에 온 모든 사람에게 공개하고 인사를 한다. 이건 순전히 나의 의견인데 아마도 일본은 지진이나 자연재해가 잦기 때문에 많은 신을 믿을수록 안심이 된다고 해야 하나 그런 거 같다. 일상적으로 언제든 다가올 수 있는 자연재해 때문에 언제든 다가오는 죽음이 공포가 아니라, 후손을 지켜주는 '수호신'이 되었으면 하는 믿음 같은 거 말이다. 그러다 보니 일본은 죽음에 대해 더 열린 문화가 된 것 같다. 화장장도 주택가 근처에 있는 점도 그런 것 같다. 화장장이 혐오 시설이 아닌 것도 놀랍다. 그래서 집 근처에 신사도 많고 기도할 곳도 많은 건지.

'나도 몇 십 년 뒤에는 저곳에 누울 텐데. 좀 너그러워지자.'

이런 느낌도 들었다.

화장 후 유골 처리도 우리와 다르다. 우리는 항아리에 담아서 주는데 일본에서는 유골이 담긴 캐리어를 끌고 와서 가족들에게 유골함에 넣으라고 한다. 이때 분골을 하면 고인이 성불할 수 없기 때문에 상주의 허락을 맡아야 한다. 미야가와 사토시는 엄마의 유골을 간직하고 싶어 하지만 형의 반대로 그럴 수 없었다. 그래서 사토시는 다른 엄마의 유품들을 소중하게 간직한다.

그 정도로 엄마의 모든 것을 기억하고 싶어 하는 사토시의 마음이 공감된다. 자신의 몸속에 엄마와 함께하고 싶은 마음이라고 할까.

새드 엔딩은 안녕!

내 친구 은정이는 이십 대 초반에 아빠가 돌아가셨다. 공무원이셨던 아빠가 갑자기 암으로 돌아가셨는데, 친구들에게 아빠가 돌아가셨다는 걸 밝히지 않았다고 한다. 주변에 부모님이 돌아가신 경우가 드물기도 했고, 밝히면 구구절절 설명해야 하는데 그런 것도 힘들었으리라.

"미안해. 그런 걸 물어봐서."

미안하다는 친구도 있었다고 한다. 은정이는 아빠를 마음 속으로 보내는 데 십 년이 걸렸다고 한다. 모든 일에는 시간이 필요하듯 애도에도 시간이 필요하다. 시간을 충분히 가져야 충분히 애도할 수 있는 것이다.

우리가 잘 아는 가수 애릭크립튼은 네 살짜리 아들을 천국에 보내고, 〈Tears in heaven〉을 불렀다. 담백한 기타연주와 저음의 목소리가 슬픔이 전해지는 이 노래를 십 년 넘게 부른 뒤, 그는 더 이상 이 노래를 부르지 않고 다른 노래를 부르기 시작했다. 충분히 애도하면 애도를 끝내는 시간이 다가

오는 것이다.

은정이도 다른 이야기를 하면서 다른 일을 하기 시작했고, 다른 생을 시작한 것이다. 아빠의 죽음으로 은정이의 삶이 승화가 된 것이다. 당연한 존재라고 생각했는데 특별한 존재였음을 깨닫게 되었다고 한다.

어느 날의 이별 경험이
슬픔에 주저앉은 너의 무거운 엉덩이를 들어 올릴 거야.
그러면 너는 다시 바빠질 테고
바쁜 것은 행복한 일이니 최선을 다해 열심히 살기를.

-《어머니가 돌아가셨을 때, 그 유골을 먹고 싶었다》 중에서

엄마는 예언가

사토시는 대학생 때 골수이식 수술을 받았다. 굉장히 위험한 수술이라서 죽을 수도 있는 수술이었는데 잘못되면 정액이 생성되지 않을 수도 있다고 했다.

엄마는 나중에 어떻게 될지 모르니까 정액을 채취해 냉동해둬야 한다고 했다. 사토시는 싫다고 윽박지르다가 엄마가 하도 강하게 나오니까 그러겠다고 했다.

엄마가 돌아가시고 1년 뒤 병원에서 연락이 온다.

“나고야 아사노 레이디스 병원입니다. 동결 정자의 보존 갱신 기한이 다가와서 전화로 알려드립니다. 작년까지는 미야가와 아키코 씨께서 보존료를 송금해주셨습니다만…….”

사토시는 불임이라고 생각했던 자신이 아기를 가질 수 있음에 심장이 쿵 떨어진다. 아내도 그도 애도의 기간이 끝나면 새로운 일을 시작하고 싶었는데, 그 일이 아기를 갖는 거라니.

이 모든 게 엄마의 고집이자 예언 덕분이었다. 근거 없이 무턱대고 앞일을 긍정적으로 예언하고, 큰 사고도 별일 아닌 거로 만들어버린 엄마의 예언.

사토시는 예언가 엄마의 적중률을 100% 맞춰가는 삶을 사는 것이다. 엄마가 딸을 낳는다면 꼭 짓고 싶었던 이름이었던 ‘하나에’를 손녀의 이름으로 지어준 것이다.

당신의 엄마는 당신의 앞날을 어떻게 예언했는가.

"너는 건강할 거야. 너는 행복할 거고.
지금 힘들어도 다 괜찮아질 거다."
엄마의 예언은 아직은 100% 적중하지 못할지라도
이제부터 조금씩 적중률이 높아질 것이며 언젠가는 맞아 떨어질 것이다.
당신이 근거 없다고 말한 엄마의 믿음은
엄마를 보낸 뒤, 매일 매일 소중히 살아가는
당신의 하루하루가 근거가 되어줄 것이기 때문이다.

보이저 1호

세계를 건너 너에게 갈게

이꽃님 글 | 사계절, 2018

세계를 건너서 오는 그 사람

그리고 나는, 나는 네 곁으로 갈게.

네가 뭔가를 잘 해내면 바람이 돼서 네 머리를 쓰다듬고,

네가 속상한 날에는 눈물이 돼서 얼굴을 어루만져 줄게.

슬프거나 기쁘거나 늘 네 곁에 있어 줄게.

나는 늘 네 곁에 있을 거야. 아주 예전부터 그랬던 것처럼.

이 편지가 그랬던 것처럼.

세계를 건너 너에게 갈게.

-《세계를 건너 너에게 갈게》 중에서

2016년 '느리게 가는 우체통'에 보낸 편지가 1982년에 도착한다.

아빠와 지긋지긋한 시간을 보내고 있는 까칠한 딸 은유가 아빠의 외압이자 강권으로 쓰게 된 편지가 자신과 동명이인인 초등학생 은유에게 가고 둘은 친자매처럼 친해지게 된다.

그런데 이 편지는 한 번 보낼 때마다 시간이 훅훅 지나쳐 가 버리는데, 두세 번의 편지 끝에 꼬마였던 은유는 2016년도 은유 나이(15세)를 훨씬 넘어서게 된다.(과거의 은유에게는 시간이 빠르게 지나간다.)

이 글은 편지에서 시작해 편지로 끝나는 특이한 형식을 가지고 있다. 그러면서도 은유의 엄마 찾기가 계속되어 전혀 지루함이 없이 펼쳐진다. 현재 은유는 아빠가 뭔가를 숨기는 바람에 엄마에 대해 전혀 알 수 없다. 하물며 사진 한 장도 없고, 주변에서는 아무도 이야기해주지 않는다. 어디론가 사라진 엄마를 은유는 간절히 만나고 싶어 과거의 그 언니에게 편지를 보내 찾아달라고 하는 것이다.

이 책은 동명이인의 두 사람이 편지로 만나는 과정을 속도감 있게 그리고 있다. 여중생인 주인공 은유가 또 다른 주인공 어른인 은유에게 궁금한 점을 물어보며 대답해주는 펜팔인데, 그 궁금함에 독자들도 빨려 들어간다.

그러다 마지막에 느리게 가는 우체통 속 아빠 편지가 한발 먼저 은유에게 도착하고 은유는 엄마가 없는 이유를 알게 된다.(그리고 편지를 주고받던 언니의 정체도! 더 이상 말하면 스포라서 안 될 듯하다.)

이 이야기는 그 먼 시간을 건너서 왜 하필 나에게 인연으로 다가왔는지 그것은 굉장히 대단한 일이 아닌지를 우리에게 묻고 있다.

지구상에 하고 많은 지역 중에 왜 하필 한국에 태어났는지, 그 많은 도시 중에 하필 부산에서 그 많은 부모 중에 왜 하필 몸도 아프고 나이도 많은 우리 엄마 이상구 여사에게서 태어났는지.

나와 엄마의 인연도 어쩌면 세계를 건너서 온 게 아닐까.

우리는 모두 무언가가 되어

《세계를 건너 너에게 갈게》는 마지막 편지에서 폭풍 눈물을 흘릴 수밖에 없다. 특히 엄마를 잃은 사람들은 더 몰입하면서 읽게 된다.

이야기 속에서 갑자기 펜이 흐릿해진다는 것은 두 사람이 현실에서 직접 만나게 된다는 희망적인 상징으로도 읽히지만 한 사람의 생명이 흐릿해진다는 상징으로도 읽힌다.

엄마와 딸이 만난다는 것. 엄마와 자식이 만난다는 것.
하나의 세계가 또 하나의 세계로 달려간다는 것.

어쩌면 우린 너무 많은 기적을 당연하게 생각하면서 사는지도 모르겠어.
가족이 함께 밥을 먹고, 울고 웃는 평범한 일상이 분명 누군가한테는 기적 같은 일일 거야. 그저 우리가 눈치채지 못하고 있을 뿐이지.

참 신기하게도, 참 고맙게도.

-《세계를 건너 너에게 갈게》 중에서

한 세상이 전부 다 나에게 오는 기적이었음에도 우리는 그 기적을 눈치채지 못했다. 그래서 한세상이 나를 관통하고 난 뒤에서 그것이 기적이었음을 깨닫게 된다.

나에게 온 '엄마'라는 세상도 그랬다.

항상 거칠었으며 낯설었고 따뜻함은 나중이었다. 따뜻함은 곱씹고 음미해야 느낄 수 있는 것이었다.

나에겐 엄마가 가진 세상과 싸워오면서 달음질했던 거칢이 더 익숙했다. 엄마가 뇌출혈로 쓰러져 아무런 의사소통을 할 수 없었을 때의 낯섦이란.

그때는 정말 두 다리로 걸어가는 할머니들만 봐도 눈물이 났다. 그리고 일상적인 대화가 아니더라도 말을 주고받기만 해도 부러웠다. 도대체 엄마는 어느 우주를 맴돌고 있기에 아

직도 돌아오지 않는 건가. 계속 엄마가 머릿속에 맴돌았다. 양진영 시인이 〈보이저 1호〉에서

'할미별은 캄캄한 우주 공간을 유영하고 / 밤하늘은 떠나온 행성으로 되돌아가는 영혼들로 반짝이는지 모른다'

라고 한 그 모습처럼 말이다.

나를 만나러 온다

엄마는 이제 보이저 1호로서의 임무를 다 마친 상태이다. 하지만 내 마음속 우주에서는 아직도 유영하고 있다.

엄마는 아직도 나를 데우고 있으며 우리 형제들을 데우고 있다. 그리고 지치고 쓰러질 때마다 우리를 끌어주고 있다.

작은언니에게서 전화가 왔다.

"엄마는 도대체 뭐하실까? 계절은 어떻게 알고 추워지는데. 한 번 간 엄마는 다시 오질 않네."

작은언니의 하소연에도 아무런 반응이 없는 엄마는 그날 밤, 자식들이 누워 자는 틈을 타, 얼굴과 손발을 어루만진다. 자다 뒤척이다 하는 자식들을 한 놈 한 놈 매만진다. 이제는 죄다 오십이 되거나 환갑이 넘어 단내가 풀풀 나는 들숨 날숨이지만 엄마는 코를 막지 않는다.

엄마는 나를 만나러 나 몰래 온다. 내가 안쓰러울 때마다 온다. 은퇴가 없는 보이저 1호다.

당신은 어떤 때 어머니에게 하소연하는가.

계절은 바뀌었는데 날은 추워지는데

엄마는 어딜 가서 안 오시냐는 넋두리가 들릴 것 같다.

당신만 모를 뿐 당신의 어머니도 은퇴가 없는 보이저 1호다.

당신의 마음이 아플 때, 당신의 몸이 아플 때,

당신이 풀지 못할 문제로 잠 못 들었을 때,

엄마는 당신을 쓰다듬으러 오시고,

엄마는 당신을 재우러 오신다.

다음 날, 당신은 오랜만에 꿀 같은 잠을 자고 아이처럼 기지개를 켤 것이다.

요양병원에서 마주친

나는 죽음이에요

엘리자베스 헬란 라슨 글 • 마린 슈나이더 그림 • 장미경 옮김 | 마루벌, 2017

엄마의 병원 생활

나는 죽음이에요.

삶이 삶인 것처럼

죽음은 그냥 죽음이지요.

-《나는 죽음이에요》 중에서

죽음을 그림으로 표현한다면 어떨까?

시커멓고 무섭고 스크린에 나오는 기괴한 괴물이거나, 어둠일 것이다.

엘리자베스 헬란 라슨 작가는 죽음을 여자아이로 묘사했다. 블루블랙의 옷을 입고, 자전거를 타며 머리에 빨강 꽃을 꽂은 여자아이. 의외다.

'죽음'은 음침하고 축축한 느낌이 아니다. 그녀가 가는 곳에는 꽃이 피어나고 노란색으로 화사해진다.

이 책은 《나는 생명이에요》라는 책과 쌍둥이 책이다. '생명'을 붉은색 여자아이로 형상화하여 하는 일과 의미를 설명한 책이다. 죽음이 찾아가는 곳은 생명이 찾아가는 곳과 전혀 다르지 않다. 어디든 찾아간다.

그런데 이 책에서 재미있는 장면이 하나 있다.

죽음이 돌아다니는 곳 중에서 햇살에 널린 빨래가 있다. 빨랫줄에 걸린 청바지와 빨간빛 이불 사이로 죽음이 몸을 내밀고 무언가를 찾고 있다. 체크 무늬 이불 빨래 뒤에 삐죽하게 나와 있는 것. 그것은 바로 생명이었다.

이 장면은 생명이 죽음을 마주하기 싫어서 숨어 있어도 죽음은 찾아낸다는 뜻이다. 무서워서 두려워서 절대로 만나기 싫은 것이 바로 죽음이다.

엄마도 엄마를 찾아 헤매는 죽음을 마주하기 싫었을까.

엄마는 2016년 4월부터 2017년 9월까지 1년 넘게 대학병원과 요양병원 생활을 했다. 엄마가 지낸 곳은 항상 죽음을 마주하는 곳이었으므로 거기에 갈 때마다 나는 죽음을 마주쳤다.

죽음의 옆얼굴

엄마가 계셨던 우정요양병원은 노인전문요양병원이다.

입소 자격도 1) 심정지 발생 시 심폐소생술 하지 않기 2) 응급 상황 시 119 부르지 않기 등으로 생명을 연장하기 위한 어떤 의료 행위를 하지 않는 걸 서명해야 한다.

내가 처음 죽음을 마주친 날은 엄마가 입원하고 한 달 정도 되었을 때였다. 5월 5일 어린이날이라 가족 단위의 방문객들이 요양병원에 유난히 많았다. 그런데 바로 엄마 옆에 누워계시던 말기 암 환자였던 김미옥 할머니의 침대칸에 커튼이 둘러쳐져 있는 것이다.

"간호사 선생님, 할머니 상황이 안 좋으신가 봐요?"

"아, 네! 지금 보호자 호출한 상태입니다. 오늘을 넘기기 힘드실 거 같아요."

간호사의 말을 듣는 순간, 가슴이 철렁! 했다.

나는 아이들이랑 같이 부산으로 어린이날 연휴를 보내러 왔고, 외할머니께 마지막 인사를 드리러 온 거였다.

"네, 할머니의 명복을 빌어야겠어요."

나는 자리를 비켜드리려고 아이들을 데리고 잠깐 슈퍼에 나갔다.

다시 돌아왔을 때, 김미옥 할머니 자리는 텅 비어 있었다. 옆자리의 엄마는 인공호흡기에 의지에 숨을 내쉬고 있었다. 나는 엄마에게로 달려가 엄마 배를 만지고 손을 만지며 얼굴을 부볐다.

"엄마, 나를 떠나지 마. 제발!"

내가 울자 아이들도 따라서 훌쩍였다. 그렇게 종종 나는 죽음을 마주쳤다.

엄마가 웃으셨다

“엄마! 저기 봐! 외할머니가 눈을 떴어!”

막내 지환이가 소리를 질렀다. 나는 입에 검지를 대고 조용히 하라는 시늉을 했다. 그런데 막내 말이 사실이었다.

외손주들이 놀란 걸 알았는지 엄마는 입가의 미소를 지었다. 초점은 없었지만, 허공을 바라보는 엄마는 평온해 보였다.

“엄마, 엄마가 살아 있어서 고마워. 여태 몰랐어. 엄마한테 고마워.”

나는 죽음이에요.

삶과 하나이고,

사랑과 하나이고,

바로 당신과 하나랍니다.

-《나는 죽음이에요》 중에서

'죽음'이 병원에 있는 우리 엄마를 데려가고 난 뒤, 나와 아이들은 선명하게 깨달았다.

죽음은 생명이 소중함을 알려주는 존재이고,

죽음은 사랑이 있다면 죽음을 만나도 영원히 기억할 수 있고,

나 자신과 동떨어지지 않는 가까운 존재이다.

당신의 지구 생활은 이제 남은 날보다는 살아온 날이 더 많을 것이다.

당신이 이 책에서 느낀 느낌은 무엇이었는지 궁금하다. 아마도 죽음에 관한 책이지만, 정말 따뜻하고 평온한 느낌이 들었을 것이다.

엄마를 잃은 당신에게 이 책이 따뜻하고 평온한 기분을 전해주었으면 좋겠다.

당신의 남은 지구 생활 역시 따뜻하고 평온한 것이 되길 기도한다.

엄마, 이제는 안녕!

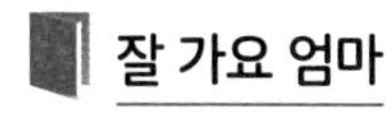

잘 가요 엄마

김주영 | 문학동네, 2012

엄마와 대면하기

이튿날 새벽녘에 나는 H시에 당도했다.

그곳에서도 한 시간 이상 버스를 타고나서야 어머니 시신이 안치된 노인병원에 도착했다.

어머니의 평온한 표정은 죽음이 아주 절망적인 어둠이나 공포의 대상이 아니라는 사실을 가르치고 있었다.

-《잘 가요 엄마》 중에서

이 책을 처음 읽었을 때는 엄마가 살아계셨다.

그래서 나는 엄마의 부고를 받을 때와 장례식장으로 갈 때 기분을 짐작하며 읽었다. 자동차 위를 내리는 비가 그냥 내리는 게 아니라 '주차된 승용차들의 보닛 위로 빗줄기가 바람에 뒤집기를 하는 거미줄처럼 뒤엉키고 흩어지고 있는' 것으로 보였던 주인공의 마음. 그리고 최대한 늦게 도착해서 엄마가 돌아가셨다는 진실을 외면하고 회피하고 싶은 주인공의 고통이 나에게도 남의 일 같지가 않았다.

결국, 그는 돌아가신 엄마의 얼굴을 보고, 엄마를 기억하는 사람들을 만나고.

경원은 자신을 키운 것은 '분노와 술' 밖에 없었다고 고종누나에게 털어놓고 항상 따뜻하기만 하던 고종사촌 누나의 눈빛이 무엇이었는지 왜 그런 것인지 알아간다.

어린 시절의 기억이란 것이 마치 칼날과 같아서 혀를 베일 수도 있다. 눈 나라의 사람들은 늑대를 잡을 때, 칼날에 짐승의 피를 묻힌 다음, 그 칼을 짐승들이 지나다니는 길에 세워놓는단다. 밤중에 늑대가 피 묻은 칼을 발견하고 밤새도록 칼날을 핥다가 나중엔 제 피를 모두 소진하고 죽게 된다.
네가 어린 나이에 집 나가서 겪은 고통과 상처를 아직까지 가슴속에 넣고 다닌다면, 네가 바라볼 수 있는 세상의 넓이도 고통과 상처뿐인 게다.
분노와 술뿐이었다는 말은 지금까지 누구도 사랑해본 적이 없다는 말과 다르지 않구나.

-《잘 가요 엄마》 중에서

라며 경원이 어린 시절의 억울함과 이해 불가의 어려움을 토로할 때 점쟁이가 된 고종 누나(알고 보니 친누나)가 엄하게 말한다.

나와 대면하기

나도 그랬다.

왜 엄마는 항상 내가 원하는 것을 사주지 않았는지, 그래서 몇 날 며칠을 울어야 사주는지.

왜 엄마는 밥도 제대로 차려주지 않고 담배만 피우는지.

왜 내가 화상을 당해서 아파서 울어도 병원에 데려가는 걸 돈 아까워했는지

내 어린 시절도 의문투성이였다.

시간이 흘러 나는 엄마를 보내고 나서 이 책을 다시 읽게 되었다.

그리고 꽃신을 곱게 신은 엄마의 발을 보았을 때, 애처로워 보였다. 넓적하고 울퉁불퉁 발이라 생각했는데, 저렇게 작고 여린 발이었다. 무지외반증으로 심하게 틀어진 왼발은 굳은 살이 벗겨져 허옇게 되어 있었다.

요양병원에 계실 때, 엄마의 손톱과 발톱을 깎아드리면서 놀란 점이 있다. 손톱과 발톱의 생김새가 낯설지 않다는 것이었다. 바로 매주 일요일 저녁마다 보게 되는 나의 손톱과 발톱이 그대로 거기에 있는 거였다. 네모나고 굴곡진 손가락과 발가락 대부분을 차지하는 큰 손발톱이었는데 빵틀로 찍어낸 것처럼 똑 닮아 있었다.

내가 세 아이의 엄마가 되고 나서, 다섯 아이에 홀시어머니를 모시고 살았던 엄마의 삶을 생각해보게 되었다.

아이가 원하는 것을 사주는 데에는 백 번도 넘는 고민을 하게 되고, 그러다 보니 시간이 지나 이미 필요가 없어지게 되는 것이 허다했다.

밥을 차려주는 것은 정말 빼먹지 않고 챙겨주려고 하지만 방학 같은 경우는 삼시 세끼를 차려낸다는 것은 너무나도 버거운 일이라는 걸 알게 됐다.

아플 때 병원도 마찬가지이다. 셋을 데리고 병원에 가서 기다리는 것도 진료를 받기도 쉽지가 않다. 한 명씩 치과를 간다고 해도 기본이 두 시간이다.

아이 다섯을 혼자서 돌보는 것도 모자라, 98년생(1898년생)인 시어머니까지 챙기기란 인간으로서 도저히 감내하기 힘든 일이었음을 이제야 깨닫는다.

엄마의 삶은 버겁고 힘든 고통과 상처였구나.

잘 보낼 수 있을까

《잘 가요 엄마》의 경원은 어떻게 엄마를 마음속에서 잘 보냈을까?

나는 또 어떻게 엄마를 잘 보낼 수 있을까?

이제는 더 이상 나를 갉아먹는 과거의 상처와 고통을 이야기의 제단에 올리지 않을 것이다. 그것들이 말하기 좋은 것으로, 흥미로 확대재생산 되다가 실은 나를 더 아프게 할 것이므로.

나는 오랫동안 벤치에 앉아 있었다. 나는 고개를 떨구고 눈을 감았다. 눈을 감았는데도 무언가 어렴풋이 내 시선에 떠오르는 것이 있었다. 먼지였다. 내 심장을 덮고 있던 미세한 먼지들이 어둠 속으로 흩어져 날아가고 있었다. 안치실 냉동 캐비닛에 갇혀 있었으므로 성에가 하얗게 끼었던 어머니의 얼굴이 떠올랐다.

–《잘 가요 엄마》 중에서

당신은 그동안 당신의 이야기 제단에 어떤 제물을 올려왔는가.

고통과 상처로 점철된 제물인가?

원망과 상처로 범벅된 제물인가?

당신은 잘 견뎌왔다. 참으로 잘 견뎌왔다.

그리고 단언컨대, 앞으로 그 제물은 영원히 소멸할 것이다.

당신의 어머니가 그것을 소멸해줄 것이므로.

마무리하면서

끝없는 여행 그리고 일상으로

엄마, 아빠를 다시 만나다

"아버지 산소에 고속도로가 난다고?"

엄마가 돌아가시고 2년 정도가 지났을 때, 우리 5남매는 청천벽력 같은 소식을 들었다. 한국도로공사에서 큰오빠에게 연락이 온 것이다. 아버지는 23년간 정든 보금자리를 떠나 다른 곳으로 이사를 해야 했다.

"우짜노? 어디로 간단 말이고?"

"우짜긴 뭘 우째? 잘됐네. 이참에 엄마하고 합치면 되겠네."

아버지가 계신 산소는 칠포해수욕장이 가까운 선산이었는데, 산소에 갈 때마다 개발이 되는 바람에 산소 앞에 울창한 나무 한 그루가 아니었으면 거기가 거기인지 분간이 잘 안 된다.

우리는 묘 이장을 준비하고, 윤달이 되자마자 포항화장터를 예약했다. 화장터는 윤달에 이장할 가족들이 밀려 있어서 잡기가 쉽지 않았다.

드디어, 윤사월 일요일에 우리 5남매는 전국 각지에서 헤쳐모여 포항에 있는 아버지 산소로 집결했다. 아침 9시 산소에 모여 간단하게 제사를 치르고 아버지를 다시 대면했다.

큰언니와 작은언니 그리고 큰올케와 아이들은 파묘를 보지 않고, 큰오빠는 장남이라며 그 모든 걸 다 지켜보았다. 다시 아버지가 자그마해졌을 때, 화장터로 함께 움직였다.

해 질 무렵이 되어서야 부산추모공원의 부부 합장으로 모신 엄마아빠에게 절을 할 수 있었다. 그날 하루는 기다림의 연속이었다. 두 분도 그랬을까.

절을 하는데 정씨네 오 남매들은 미소를 띄고 있었다.

"이제 아부지 보러 여기 오면 되겠네."

"엄마랑 같이 있다고 생각하니 더 좋다."

정씨네 오 남매는 엄마 · 아빠에게 이런저런 이야기를 하다가 배가 고파진 걸 깨닫고 해운대에 있는 고깃집으로 향했다.

지금 우리에게 필요한 것

엄마를 보낸 지 삼 주년을 넘기면 그때는 엄마가 지구상에 안 계시다는 걸 까먹을 때가 더 많다.

등산하러 가거나, 계절마다 때맞춰 핀 꽃들을 볼 때 나도 모르게 중얼거리게 된다.

"엄마, 벚꽃 이쁘제?"

"근데, 엄마 오늘은 와 이리 덥노?"

남들이 보면 무선이어폰을 끼고 통화라도 하는 줄 알겠지만 말이다.

엄마는 떠나가실 때, 남은 내가 어떻게 살길 바라셨을까.

나도 언젠가는 이곳을 떠날 텐데 나의 아이들은 어떻게 살았으면 좋을까.

나는 나의 아이들이 자신이 좋아하는 것을 하며, 맛있는 걸 먹으며, 좋아하는 사람들과 어울려 재미있게 살았으면 좋겠다.

지금 우리에게 필요한 것도 어쩌면 그리 복잡하고 힘든 일이 아닐지도 모른다.

그냥 엄마와 함께한 시간을 기억하는 것.

그리고 앞으로도 씩씩하게 삶의 시간을 보내는 것.

언젠가 엄마를 다시 만나면 잘 지내다 왔다고 말할 수 있는 것.

그거면 충분하다고 생각하게 되었다.(그래도 가끔은 도대체 엄마는 어딜 가셔서 이렇게 안 보이나 생각하기도 한다.)

선배가 알려주는 TIP

괜찮아. 엄마를 보낸 건 처음이지?

이 책을 읽는 당신보다는 글쓴이인 정은영 작가는
엄마를 먼저 보낸 선배이다.

엄마를 보내고 나서 내가 쓴 여러 가지 필수템을 당신에게 공개하고자 한다. 이 방법은 굉장히 유용하며 엄마를 잃고서 아이가 된 당신의 마음을 다독여줄 것이다.

1. 집 근처에 만만한 산 하나를 골라 불시에 산책을 간다.

불시에 찾아오는 엄마에 대한 그리움은 숲속 나무들을 보면 훨씬 마음이 누그러지고 편안해진다. 계절은 상관없다. 봄이면 봄의 싱그러운 초록이 좋고, 가을이면 가을대로 밤송이와 청설모를 보는 즐거움이 있다. 그리고 산을 올라가게 되면 신체적으로 힘들어지기 때문에 산을 오르는 일에 몰두하게 된다. 자연이 주는 피톤치드와 오르는 일의 즐거움이 차오르는 그리움을 다독여준다.

2. 엄마가 좋아했던 음식을 나에게 사준다

엄마가 좋아했던 음식을 먹어도 괜찮고, 내가 좋아하는 음식도 좋다. 음식을 먹는다는 그 자체가 영혼의 허기까지 보충할 수 있기 때문이다. 나의 몸은 많이 상해 있었으며, 나의 정신도 많이 황폐해졌을 수 있다. 누구나 이런 터널을 통과하기 힘들다. 이런 시기에 나를 잘 먹이는 것은 꽤나 중요한 일이다. 옷 하나를 새로 장만하는 것보다 보양식 하나를 먹이는 것이 더 중요하다고 이 선배는 강력하게 주장한다.

3. 깔깔거리며 읽을 수 있는 만화책(웹툰도 가능)을 본다.

당신은 가끔식 이런 생각을 할지도 모른다.

'웃을 일이 뭐가 있냐고. 살면서 웃음이 사라진다고.'

나는 당신에게 웃음을 처방하고 싶다. 당신이 아날로그 세대라면 동네마다 하나씩 있는 북카페에 가는 것도 괜찮다. 북카페에서도 만화책을 볼 수 있다. 지친 당신의 얼굴을 미소짓게 만드는 만화책을 추천해본다.

4. 조조영화를 보러 가서 점심까지 먹고 온다.

나는 상을 받은 영화는 모조리 섭렵하는 편이다. 상이라는 것은 그렇듯 그 작품에서 우리가 공감할 소스와 생각할 거리가 있다. 나는 당신이 지금 당신의 일상에서의 고민을 조금 다른 방향으로 확장하길 바란다. 그것이 영화를 보면서 가능하기도 하다. 특히 상을 받은 영화라면 다른 사람들의 고민지점을 직접 그 인물이 되어 두 시간 가량 몰입도 있게 고민해 보는 경험을 할 수 있다. 간접 경험을 통해 당신은 타인의 삶에 대해서도 더 깊고 넓게 확장하는 경험을 하게 된다.

5. 당일치기 여행을 떠나본다.

엄마와 마지막 여행을 떠올려보라. 여행이 힘들다면 마지막 산책이라도. 여행은 일상과의 직접적인 이별이자, 새로운 장소와의 구체적 대면이다. 그 여행은 당신이 언젠가 꼭 한 번 가보고 싶었던 장소도 괜찮고, 도시도 괜찮다. 너무나도 삶을 열심히 살고 있는 당신은 일주일 여행이나 2박 3일 여행도 여의치 않을 것이다. 당일치기라도 다녀오면서 새로운 풍경을 보면서 당신의 마음을 펼쳐놓길 바란다.

《엄마와 함께한 시간들》이란 책은 여기에서 마무리되지만, 우리의 여행은 이제부터 시작이다. 우리에게는 '자녀와 함께할 시간들' 혹은 '주변지인과 함께할 시간들'이 남아 있다. 나는 당신이 남은 여행들을 잘 완수할 거라 믿는다. 이 책을 통해 당신은 충분히 사랑하는 사람에 대해 애도했으며 충분히 울었으리라 믿기 때문이다. 당신의 눈망울이 반짝! 하고 빛나는 순간을 나는 기억한다.

《엄마와 함께한 시간》은 당신과 함께 새로운 여행을 시작한다. 당신의 그 여행을 응원한다.